青春红楼

木兰 —— 著

浙江文艺出版社
Zhejiang Literature & Art Publishing House

图书在版编目(CIP)数据

青春红楼 / 木兰著. —杭州：浙江文艺出版社，2020.4
ISBN 978-7-5339-5884-8

Ⅰ.①青… Ⅱ.①木… Ⅲ.①散文集—中国—当代 Ⅳ.①I267

中国版本图书馆CIP数据核字（2019）第222657号

责任编辑　周海鸣
封面设计　吴　瑕
责任印制　张丽敏

青春红楼

木　兰　著

出版	浙江文艺出版社
地址	杭州市体育场路347号
邮编	310006
网址	www.zjwycbs.cn
经销	浙江省新华书店集团有限公司
印刷	浙江新华印刷技术有限公司
开本	880毫米×1230毫米　1/32
字数	160千字
印张	8.375
版次	2020年4月第1版
印次	2020年4月第1次印刷
书号	ISBN 978-7-5339-5884-8
定价	39.80元

版权所有　违者必究
（如有印、装质量问题，请寄承印单位调换）

第一辑 满纸读来有异香

黛玉葬花：美丽的哲学家/003

生命中最美的那份真：我们的林黛玉/011

尺幅鲛绡劳解赠：两块旧手帕的故事/025

心底那无与伦比的清甜：最美的那句话/032

满纸读来有异香：《红楼梦》中的香气/038

《红楼梦》哲学主旨的化身：理解秦可卿/046

一声杜宇春归尽：紫鹃的温柔/055

霁月难逢，彩云易散：是谁害死了晴雯？/062

人之交，贵共情/070

来了，就是全部/077

第二辑　高情已逐晓云空

083—166

高情已逐晓云空：我看薛宝钗/085

生前心已碎，死后性空灵：叹王熙凤/103

站在转折点上的抉择：元宵节，听凤姐说冷笑话/108

一生保持性情的本真：贾母的眼光和艺术感/117

千里东风一望遥：探春的志向与寂寞/124

成全的力量：探春的政治家风度/130

花儿落了结个大倭瓜：《红楼梦》里唯一象征光明的花/136

福气生自平常心：天价瓷杯的故事/141

把渴望化为成全：元春的向往/148

委身墙角花犹艳：宁国府里的"大女人"/153

第三辑　看来岂是寻常色

今生踏实的修行：史湘云的生命境界/169

她会是个传奇：千金难得金鸳鸯/186

士为知己者死：风雨之中看小红/195

温润的英雄主义：平儿的人格魅力/202

看来岂是寻常色：值得欣赏的寒门姑娘邢岫烟/211

爱与被爱，生命的功课：我看惜春/218

人，要自己成全自己：从尤三姐的故事说起/227

地上有个"木头人"：当心灵停止了生长/236

这辈子，就一回：香菱学诗的故事/242

动人的艺术力量从哪里来：龄官的故事/249

后记：把理想，写进生命/256

第一辑　满纸读来有异香

黛玉葬花：美丽的哲学家

（一）

黛玉葬花，是《红楼梦》里标志性的一幕。哪怕是从来都没有读过《红楼梦》的人，只要提到《红楼梦》，提到林黛玉，都会想起她的葬花。在很多人心中，那个手把花锄、流着眼泪、躬身葬花的形象，就是林黛玉。

那一天，正值芒种节气，春夏之交，大观园里女儿世界的欢乐达到了一个小巅峰。芒种过后，花神要退位，姑娘们要祭饯花神，送别春天。园内笑声朗朗，裙带飘飘，姑娘们在大观园里的每一棵树、每一枝花上都系满了亲手做的彩色物事。这是一幅多么美丽活泼的春日画面啊："满园中绣带飘飘，花枝招展，更兼这些人打扮的桃羞杏让，燕妒莺惭，一时也道不尽。"

这个时候，众姑娘中，没有看到林黛玉的身影。

黛玉在干什么呢？葬花。

那一刻，大观园的春色达到了盛大的高潮，每一朵花儿都鲜妍明媚，开放在全盛时期。一阵风吹来，飞花似雪，拂拂洒洒。一位美丽的姑娘，手把花锄，流着泪，把一朵朵落花珍重地捡起，放在花囊中，埋葬在黄土里。

这个美丽的场景，相信每一个红楼读者心中都有一幅属于自己的画面。

永恒地记录这一幕的，是一首动人的长诗——《葬花吟》。

我们不妨来看一看，《葬花吟》中黛玉的形象。

（二）

黛玉葬花，她在感慨什么？

——《葬花吟》里，林黛玉在思考时空中人的位置。

当一个人开始思考生命在时空中的位置的时候，他会产生多么真切的渺茫感啊！人就如同渺渺茫茫中的一粒微尘！人生有限，日月恒久。春天不会因为任何人的意愿而停留，一年年的时光流转不会为任何人改变！春光会一年一度地盛大来临，可人呢？人会一年年老去，需要直面自己一年年不会重复的生命状态。所以，黛玉说："柳丝榆荚自芳菲，不管桃飘与李飞。桃李明年能再发，明岁闺中知有谁？三月香巢已垒成，梁间燕子太无情！明年花发虽可啄，却不道人去梁空巢已倾。"

黛玉的感慨，有没有让你想起那首"孤篇压倒全唐"的《春江花月夜》的时空追问？"江畔何人初见月，江月何年初照人？人生代代无穷已，江月年年只相似。不知江月待何人，但见长江送流水。"

时空不同，情怀相通。唐代的张若虚对着月下的浩荡江水，发出的感慨和追问，在大观园中的林黛玉这里，得到了穿越时空的遥遥呼应。尽管《春江花月夜》的格调明亮开阔，是自信勃发的盛唐气象的体现，《葬花吟》的气质清丽哀婉，是超越了几百年礼教禁锢下的精神乏味状况的一股卓绝的清流，但殊途同归，它们在哲学追问的格局和境界上，是旗鼓相当的。

(三)

《葬花吟》里，林黛玉在怜惜什么？

——这个敏感早慧的姑娘，她在怜惜人的生命必然面临的遭遇，她在表达关于生与死的终极追问。

每个人的生命出现在时空之中，都是极其偶然的。可是，这个生命在世间要面对多少威胁啊！"一年三百六十日，风刀霜剑严相逼。明媚鲜妍能几时？一朝飘泊难寻觅。"要面对风雨霜雪、酷暑严寒，除了衣食住行这些基本需求要满足之外，人还要面对孤独、空虚，以及死亡！"花开易见落难寻，阶前闷杀葬花人。独把香锄泪暗洒，洒上花枝见血痕。"花开了，花落了，草木无知，可人有灵。人看到花的凋落飘零，会想到自己的命运，会想到自己不得不面对的最后归宿——死亡。

每一个生命从开始的那一刻，就不可逆转地走向死亡。是死，让生有了意义。那么，生与死之间这段距离之中，生命该如何展开？黛玉在苦苦追问这些问题，所以她说："怪奴底事倍伤神，半为怜春半恼春。怜春忽至恼忽去，至又无言去不闻。"就像此刻黛玉眼前的春天一样，生命已经展开，时间不会回头，生命终将离去。我，该怎么办？

在生与死的意义上，黛玉的追问和思考的深度，可与哈姆雷特那段凌绝千古的独白"活着还是死去，这是个问题"比肩。

生存还是毁灭，这是一个值得考虑的问题；……谁愿意忍受人世的鞭挞和讥嘲、压迫者的凌辱、傲慢者的冷眼、被轻蔑的爱情的惨痛、法律的迁延、官吏的横暴和费尽辛勤所换来的小人的鄙视，要是他只要用一柄小小的刀子，就可以清算他自己的一生？谁愿意负着这样的重担，在烦劳的生命的压迫下呻吟流汗，倘不是因为惧怕不可知的死后，惧怕那从来不曾有一个旅人回来过的神秘之国，是它迷惑了我们的意志，使我们宁愿忍受目前的磨折，不敢向我们所不知道的痛苦飞去？（朱生豪译）

——是忍受着风刀霜剑的生，还是选择轻而易举的死？在长长的、艰难的生命旅途面前，死，是最容易的事情。可是，一个有灵性的人，一个对生命有了哲学层面思考的人，如果不是惧怕不可知的死后，谁会自行结束生命？当死亡来临的时候，人的灵魂将皈依何处？

《葬花吟》里，性情高洁自尊自爱的黛玉说："愿奴胁下生双翼，随花飞落天尽头。天尽头，何处有香丘？未若锦囊收艳骨，一抔冷土掩风流。质本洁来还洁去，强于污淖陷渠沟。"

我是谁？我来自哪里？我要到哪里去？敏感聪慧的黛玉，在这样一个春天，用一首《葬花吟》，独自抒发了对哲学终极问题的追问。

黛玉的感慨和追问，有人听懂了吗？有。只有一个人，那就是贾宝玉。这份懂得，是《红楼梦》中贾宝玉对于林黛玉唯一的意义。

宝玉在山坡上听见是黛玉之声，先不过是点头感叹，听到"奴今葬花人笑痴，他年葬我知是谁""一朝春尽红颜老，花落人亡两不知"等句，不觉恸倒山坡之上，怀里兜的落花撒了一地。试想林黛玉的花颜月貌，将来亦到无可寻觅之时，宁不心碎肠断！既黛玉终归于无可寻觅之时，推之于他人，如宝钗、香菱、袭人等亦可以到无可寻觅之时矣。既宝钗等终归无可寻觅之时，则自己又安在哉？且自身尚不知何在何往，则斯处、斯园、斯花、斯柳又不知当属谁姓已。因此一而二，二而三，反复推求了去，真不知此时此际欲为何等蠢物，杳无所知，逃大造，出尘网，使可解释这段悲感。（第二十八回）

——贾宝玉不但听懂了，他还在黛玉的《葬花吟》中进一步开悟了。

87版电视剧《红楼梦》全套组曲的作者王立平先生说，《葬花吟》是他整个创作中最艰难的一段。这首曲子，他写了一年。一开始，他不明白这个整日哭哭啼啼的姑娘在干什么，伤春悲秋吗？哀怨自怜吗？感叹身世吗？曹雪芹为什么安排她做这件事？终于有一天，他在不知道第几次读《葬花吟》的时候，突然明白了：这哪里是一个姑娘在低头葬花，这明明是一个生命在昂首问天啊！

黛玉葬花，不是一场简单的行为艺术；《葬花吟》，不是一个寄人篱下的姑娘的自恋自怜。黛玉葬花，是一个美丽的哲学家，面对茫茫时空，发出的关于生命的终极追问，是一个清醒之人昂然卓绝的生命姿态。

（四）

林黛玉，这个形象，是有着独特而深刻的隐喻的。

我们来看看林黛玉前世今生的渊源。她原本是"西方灵河岸上，三生石畔"的一株绛珠仙草。因为得到了神瑛侍者的甘露灌溉，受了天地精华，修成一个女体。神瑛侍者下凡时，绛珠仙子为报答"甘露之惠"，也下世为人，要将"一生所有的眼泪还他"。

"仙草之身"和"还泪之喻"，是林黛玉这个人物形象最重要的两个方面：如此独特，如此美丽。

可就算是仙草，当冬天来临的时候，它也会干枯死亡。

还有泪水。泪水不是一般的水，它的源头甚至不是眼睛，而是心中的深厚真挚的感情。"还泪"，就是还情。在《红楼梦》中，黛玉的生命形象，是随着泪水的流淌而展开的，是随着感情的发展而绽放的。所以，在第四十九回，当黛玉对宝玉说"近来我只觉心酸，眼泪却像比旧年少了些的，心里只管酸痛，眼泪却不多"的时候，她已经预感到了自己的结局。

由美丽的绛珠仙草化身的林黛玉，她的眼泪，上接灵河水，流经三生石，下承还泪对象的"一段缠绵不尽之意"。那源源不绝的纯情的泪水啊，才是黛玉的"真身"。林黛玉，她的真实名字只有一个字——情！

林黛玉，为情而来。

一块无材补天的顽石，听了茫茫大士和渺渺真人的谈论，动了凡心，到红尘中经历一番。这是一切生命在时空中的状态：生是偶然，死是必然。每个人，到了面对死亡的那一刻，才会明白，自己什么都带不走，"情"才是这段旅程中的唯一行囊。在这个意义上，为情而来的林黛玉，是对每一个人的生命的慈悲。

贾宝玉在家破人亡孤独凄清的时候，才知道，这辈子，真正陪伴他、属于他的，只有黛玉的泪。

所以，林黛玉最大的期待，是红尘中的婚姻吗？不，她真正的期待，也是唯一的期待，是一个能在茫茫时空中对她的情、她的泪有所回应的灵魂伴侣。她需要那个人来懂她的深情，她需要那个人来回应她的呼唤，找到、认定了那个人之后，她就会用源自灵河的泪水，洗去那人心上的尘污。

对人的生命的深情和慈悲，才是林黛玉这个人物形象的实质。

所以，为什么林黛玉那么爱哭，为什么她有那么多的眼泪，从"秋流到冬尽，春流到夏"？

聪慧灵秀的林黛玉，来自灵河之畔的绛珠仙草，这个人物形象，是曹公对人类生命的温柔指引，是他对人类生命的深沉、博大的慈悲。

这是《红楼梦》最伟大的地方。

林黛玉伤春悲秋、自哀自怜？这些只是表面现象，是个引子而已。

温柔慈悲、才情美丽的哲学家，才是林黛玉的格局和境界。

生命中最美的那份真：我们的林黛玉

（一）

林黛玉，是一个美得让人心里发颤的名字。

林黛玉的容貌体态，在贾宝玉眼中，"与众各别：两湾似蹙非蹙罥烟眉，一双似泣非泣含露目，态生两靥之愁，娇袭一身之病，泪光点点，娇喘微微，闲静时如名花照水，行动处似弱柳扶风，心较比干多一窍，病如西子胜三分"。在众人眼中，"年纪虽小，其举止言谈不俗，身体面庞虽怯弱不胜，却有一段自然风流体度"。在王熙凤口中，"天下真有这样标致人物，我今儿才算见了"！连粗鲁的"薛大傻子"薛蟠，很偶然地，"忽一眼瞥见了林黛玉风流婉转，早已酥倒在那里"。

关于林黛玉的绝世姿容，每个人都可以发挥自己的无穷想象。

这一篇，我们只说说林黛玉这个人，她的性情，她的性格和人品。

(二)

林黛玉的性情，与天地间的诗心相连。

黛玉的生活，属自然一派。她住在潇湘馆，窗外有竿竿翠竹，溪水环绕。作诗的时候，她叫"潇湘妃子"，她的住处跟她的心境完全符合，清新自然，一派明媚，万物温柔。就算她心里在跟宝玉生着气，出门前，她还细致地交代紫鹃要照顾檐下的燕子，"把屋子收拾了，下一扇纱屉子，看那大燕子回来，把帘子卷起来，烧了香，就把炉罩上"。所以，林黛玉在元春省亲那人人紧张的场合，也能写出"菱荇鹅儿水，桑榆燕子梁。一畦春韭绿，十里稻花香"这样让人眼前一亮、赞赏不已的清新诗句。文字的风格就是人的风格，这些流淌着自然灵韵的诗句，唯有林黛玉写得出。

林黛玉的性情，不限于此。

她是真正的诗人，她的心怀很大。

我们去读林黛玉的诗，那字字句句，绝不是把那种仅限于个人的小忧伤小情绪小疼痛写出来向人撒娇的自恋腔调。因为，那根本不是她的格局和境界。黛玉的诗，源于她那颗天生敏感聪慧的心的悟性，源于她对天地间博大的终极神秘力量的体验和感悟。在黛玉那些看似因为"伤春悲秋"而作的诗文中，关于精神的孤独、时空的浩瀚、人类的渺小、人生的无力、人性的幽微、生命的悲凉等主题，处处可见。

黛玉有着一颗极其敏感灵慧的心，在她眼中，虫鱼含意，花木有情。

天地有大美而不言。天地间的大美，就在草叶尖的那滴露珠上，就在小径上的片片落花上，就在年年归来的似曾相识的燕子身上。隐喻是诗歌力量的源泉，真正的诗人，会懂得这些无言的隐喻和讯息，用他自己的方式，解码呈现。我们的林黛玉，无疑是极其出色的一位。

林黛玉的才思，清新敏捷，深邃辽阔。她不愧是大观园里的首席诗人，是《红楼梦》中的诗魂。有着诗人性情的林黛玉，才情美好，光彩照人。

（三）

林黛玉的才华，除了来自天生的敏感聪慧，也来自她的读书。

黛玉喜静不喜动，喜散不喜聚。有着极其丰富明敏的精神世界的她，喜欢清静地独处。她闲了宁可教鹦鹉念诗，也不愿意串门聊天。她爱读书，通音律，擅诗文，读书和写字，是她生活中最重要的一部分。潇湘馆里她的房间在刘姥姥眼里，"窗下案上设着笔砚，又见书架上磊着满满的书"，"这那里像个小姐的绣房，竟比那上等书房还好"。清清楚楚的，林黛玉身上，有书卷气。

在"共读《西厢》"那一段里，读着书的黛玉，是让人非常喜欢的。

那一天，黛玉正在园中收拾落花，发现了偷偷读《西厢记》的宝玉。她"把花具都且放下，接书来瞧，从头看去，越看越爱，不顿饭工夫，将十六出俱已看完。自觉词藻警人，余香满口，虽看完了书，却只管出神，心内还默默记诵"。

当宝玉用玩笑话惹了她，她说要告诉贾政和王夫人，宝玉连忙求饶的时候，林黛玉却哧的一声笑了："原来是苗而不秀，是个银样镴枪头。"宝玉笑她现场"活学活用"时，她笑道："你说你会过目成诵，难道我就不能一目十行么！"

一目十行，余香满口，合上书，还在出神默默记诵。读着书的林黛玉，清新美丽、生动有味。

读书生活是一个人真正的精神世界，在读好书的过程中，要能同书中那些精妙的内容产生共鸣，要能真正读出味道来，并用自己的方式创造性地发挥出来，是需要聪慧的心灵和深刻的领悟能力的。不是"看过"就叫"读书"——真正的阅读，是要见才华的。读书有味，说话做人才有味，才有趣，才见才情，在这点上，读书的黛玉有着让人痴迷的魅力。

（四）

林黛玉的性格，与人世间的冷暖情意相接。

黛玉的性格，能从她和她的贴身服侍丫鬟紫鹃的关系中看出来——她很和善，她待人很亲、很温存。黛玉和紫鹃，不是主仆，而是一对儿知心好姐妹。生活中，紫鹃敢当着宝玉的面派她的不是，敢用"情辞试忙玉"的方式为黛玉的爱情发声，能发自真心地跟黛玉说"黄金万两容易得，知心一个也难求"——紫鹃的言行是黛玉性格的真实镜子——如果黛玉对紫鹃不好，紫鹃一个丫鬟，何至于拿着自己的全部心事和生命，照顾她、支持她至此。

  黛玉的性格，能从史湘云和她的关系变化中看出来——她的性格是有着极为丰富的层次的。黛玉和湘云的关系非常可爱可赏。表面上看，两人的性格截然相反。黛玉细致，湘云豪爽；这位是敏感的绛珠草，那位是"醉眠芍药裀"的"憨湘云"。一开始，她们两人的关系并不好，湘云觉得黛玉小心眼，爱挑人："再放不过人一点去，专挑人的不好。你自己便比是人好，也不犯见一个打趣一个。"那时的湘云，对做人滴水不漏的宝钗无限崇拜。后来，诗会咏菊花，湘云在潇湘妃子的诗中明白了她的真实精神境界，她们的心理关系开始走向亲密。慢慢地，湘云同宝钗远了，她同黛玉成了知心姐妹。再后来，那个中秋节，黛玉和湘云在凹晶馆联句。那是一幅何等美丽动人的画面啊！会永远定格在无数人的心中！天上一轮皓月，池中一轮水月，两个姑娘对着粼粼水波，作诗联句，互诉肺腑。"寒塘渡鹤影，冷月葬花魂。"那晚的一句谶语，把湘云和黛玉的生命连在了一起。从误会到相知，再到生命境界的理解与融合，在湘云眼中，黛玉的人格魅力，是层层绽放的。

黛玉的性格,能从"孟光接了梁鸿案"中看出来——心思细腻的她,其实很单纯,单纯得像晶莹剔透的一滴泪。

黛玉和宝钗两个人素来不对付。这是很自然的,因为她们是两类人,与高不高傲、随不随和没有什么关系。刘姥姥嬉游大观园时,众人行酒令,黛玉把《牡丹亭》《西厢记》中的词句脱口而出。之后,宝钗找机会告诫黛玉,让她不要看那些"杂书",要"拣那正经书看看",看杂书,"移了性情,就不可救了"。这番一本正经的教训,再加上秋天给病中的黛玉送燕窝熬粥的恩惠,宝钗的这份关心和情谊,竟让单纯的黛玉对她大加感服。她甚至设身处地地检讨自己的过去:"怨不得云丫头说你好,我往日见他赞你,我还不受用,昨儿我亲自经过,才知道了。比如,要是你说了那个,我再不轻放过,你竟不介意,反劝我那些话,可知我竟自误了。若不是从前日看出你来,今日这话再不对你说。"若非至情真诚之人,聪明如黛玉,怎会为温情感动如此!

当宝玉问她"几何时孟光接了梁鸿案"的时候,黛玉把过程细细告诉他,还笑道:"谁知他竟是个好人,我素日只当他藏奸。"被宝钗感动的黛玉,从那之后,视宝钗为亲姐姐,她甚至要认薛姨娘为娘,让薛姨娘搬进潇湘馆里住。这时候,曹公都替她担忧:单纯如水的痴颦儿啊,你看别人的事情都目光如炬,为何你这个时候成了个傻姑娘呢!你身边的紫鹃都比你冷静,比你明白啊!

（五）

黛玉的为人，是大度、真诚、善良的。

黛玉的为人，能从她对待妙玉的态度中看出来——她是大度有量的。第一次在栊翠庵喝茶，妙玉当着宝钗和宝玉的面说她"竟是大俗人，连水也尝不出来"。这样的无理之举，她并不多计较，"不好多话，亦不好多坐"，吃过茶就走。后来她和湘云在凹晶馆月下联诗，妙玉中间加入，同是在栊翠庵妙玉房中，她看到妙玉的续诗，赞赏不已，说她是"诗仙"。这样的大度，不是一般人能有的，更何况，黛玉她自己是大观园中公认的最出色的诗人。

黛玉的为人，能从她对待香菱学诗的态度中看出来——她对人是平等的、真诚的。香菱是薛家买来的丫头，后来做了薛蟠的侍妾。香菱的身份，在其他人眼中，跟黛玉是有很大的差距的。但当香菱有机会住进大观园找她学诗时，她没有任何敷衍，她是唯一认认真真对待香菱学诗的人。她告诉香菱作诗"第一是立意要紧"。当香菱说她爱念浅近的诗句的时候，她会给她真诚而严厉的警示："断不可看这样的诗……一入了这个格局，再学不出来的。"她指点香菱把王维、杜甫和李白的诗各一两百首"细心揣摩熟透"，使"肚子里先有了这三个人作了底子"。她借书给香菱读，她跟香菱讨论心得，她给香菱批改作业。若非待人一片真心，若非一片赤诚，她怎么会有这样的举动。

黛玉的为人，处处可见她的真诚、善良。她对待身边人的善意无须再多言，而更可贵的，是她对跟自己并不相干的人，都能怜恤担心。王熙凤把尤二姐骗入大观园后，表面上对她友好亲密，暗地里却包藏祸心。尤二姐孤苦一人陷入绝境的时候，书中有这么一笔："园中姊妹如李纨、迎春、惜春等人皆以为凤姐是好意，然宝、黛一干人暗为二姐耽心，虽都不便多事，惟见二姐可怜，常来了到还都悯恤他。"王熙凤的花招，瞒不过林黛玉明察秋毫的眼睛。荣国府的实际当家人王熙凤在下面一手遮天，在这种情况下，林黛玉对尤二姐的善意和怜悯，是多么的难能可贵啊！

黛玉的为人，能从她平日里对待小丫头、老妈妈的细节中看出来——她并不悭吝孤傲。宝玉的小丫头佳蕙去给黛玉送茶叶，黛玉正在分日用钱，随手就"抓了两把"给她；宝钗派婆子给她送燕窝，她知道婆子们晚上开赌局，还会笑着跟婆子说"难为你，误了你发财，冒雨送来"，还让人给婆子几百钱"打些酒吃避雨气"。这样的黛玉，蔼然随和，哪里清高孤傲，哪里目下无尘了？

黛玉不懂世故、不会生活吗？幼年的她第一次进贾府，就敏感地察觉到一片融洽氛围下微妙的人际关系，能妥帖聪明地随机应变。就算贾母无论如何都保证她和宝玉的开销用度，细心的林黛玉，也会从诗书情感中走出来，踏踏实实地跟宝玉说"咱们家里也太花费了。我虽不管事，心里每常思想，替你们算一算，出的多进的少，如今若不俭省，必致后手不接"。这样的黛玉，这样的操心忧虑，哪里不食人间烟火了？

黛玉犀利地讥讽得罪过一些人，可我们认真来看，她那些一针见血的讥讽和打趣，哪一个说错了呢？她赶着袭人叫一声"嫂子"，就把花袭人处心积虑的盘算暴露无遗；那句"母蝗虫"的比方，难道没有直击刘姥姥装憨卖傻打秋风的实质吗？那一刻，出身于诗书家族、父亲是巡盐御史的林黛玉，可能真的无法理解刘姥姥的生计心酸。

贾府的人际场里，没有一个人的表演，能瞒得过黛玉的眼睛。可是，黛玉不表演。她知世故，她不世故。

（六）

林黛玉最动人的地方，就在于，她是一个活得非常真的人。

黛玉爱哭是真的，可同时，她也很爱笑。书中写她跟人说话时，"笑道"的场景比比皆是。哭和笑都是人最正常的情绪反应，是一个有性情的人最正常的内心流露。不哭不笑没有情绪的人，如果不是修养太深，那多半是乏味的木头人、假正经和伪君子。

如果我们留心去看，就会发现，黛玉的笑，基本都是很明亮、很欢快的——她笑的时候，是真的在笑。

黛玉首先对自己真，她不会曲意逢迎自己内心不认可的人，她不会揣摩着长辈的爱好而小心翼翼地见风使舵。第二十回中，当宝玉跟宝钗、湘云说笑而冷落黛玉，两个人斗嘴的时候，黛玉会说："我难道为叫你疏他？我成了个什么人了呢！我是为我的心。"她觉得受了冷落，就会用眼泪、用吵嘴把心中所想表达出来。她不虚伪，她用自己的真心生活。

所以，流着泪跟宝玉闹别扭的，是黛玉；写诗时一笔挥就大展其才的，是黛玉；被湘云说跟唱戏的龄官长得像的时候，耍脾气当场离席的，是黛玉；芦雪广大笑着联诗战湘云的，是黛玉；一句"携蝗大嚼图"让大家笑得前仰后合的，还是黛玉……我们会发现，大观园众姑娘们聚会的场合，有黛玉的画面，都很明媚欢快。黛玉在本本真真地做自己，她不拘束、不装，每一件小事，每一幅画面，都是她性情的体现：不完美，但很真。

一个连自己都无法真诚面对的人，你无法想象他会真诚对待别人，也无法想象他会打动谁的心。无论是在真实生活中还是在文学作品中，那些极具魅力的人物形象几乎都不完美，但是毫无例外的，都很真。

黛玉对自己真，源于她更高层面的真——对生命的真。林黛玉曾写过一组《五美吟》诗。她说："我曾见古史上有才色的女子，终身遭际，令人可欣、可羡、可悲、可叹者甚多。"她为西施、虞姬、明妃、绿珠和红拂这五位女子写诗，以寄感慨。在这一组诗中，我们看到了一个大胆、叛逆的林黛玉。她所感慨的女子中，有历来被道德家颂扬的道德标杆，也有身份甚至是幽闺之中不宜提起的风尘侠女。黛玉不以道德礼法的评价为意，而是从对这些女子本人的生命体验的关怀切入视角，她在替她们问，这样的生命际遇，对本人，对自己，究竟有没有意义？通过《五美吟》，黛玉在问：每个人的生命都只有一次，是活在与你的生命其实没有太多相干的人制订的标准里呢，还是大胆地去追求自己认为"值得"的方式？

《五美吟》中，柔弱的林黛玉，敢于用矫健的文笔，表达一个真正的人的精神核心——自我生命意识。有自我意识，有对自我生命体验和价值的追求，是一个人拥有独立的精神世界的开始。在这方面，我们的林黛玉，做得比其他人都自觉，都勇敢。

从第二十七回的《葬花吟》到第六十四回的《五美吟》，林黛玉对生命体验和价值的真诚追求，贯穿始终。

傅雷曾说，真诚是需要极大的勇气做后盾的。真诚地面对自己的内心和生命，做出每一个不负此生的决定，是林黛玉根植于骨子里的英勇。

（七）

林黛玉对宝玉的那份温柔，太真，太美。

大热天里，她在宝玉面前说话造次了，一见宝玉急了，她忙赔笑:"你别着急,我原说错了,这有什么的,筋都暴起来,急了一脸汗。"一面说,一面禁不住近前伸手替他拭面上的汗。按礼,她是不可以对他有如此亲密的动作的。可是,那一刻,没有礼数,只有真情:他流汗,她会怜。

宝玉挨打,黛玉来看他。两只眼睛肿得桃儿一般,满面泪光,半日只抽抽噎噎地说了一句话:"你从此可都改了罢!"打在他身上,更在她心上。

秋天的雨夜,她担心宝玉回去夜路黑滑,把书架上的玻璃绣球灯拿下来给他用。那灯宝玉也有,怕雨天路滑打破了才没有用。宝玉见过多少值钱宝贝,能让他如此小心的东西,可见价值不菲。黛玉把灯给他,说:"跌了灯值钱,跌了人值钱?……怎么又忽然变出这剖腹藏珠的脾气来。"在黛玉心中,只有宝玉这个人,才值得珍视。每次读《红楼梦》至此,都希望这一刻的时间能够驻足,这流淌着真情实意的温柔啊,这闪耀着幸福感的时刻啊,只要亲自见过一次,就会终生难以忘怀!

谁都知道宝玉怕父亲问功课,可也都是口中说说罢了,只有黛玉,她平日闲暇时,实实在在地替宝玉临帖,以对付突如其来的检查。她时时刻刻在为他担心牵挂,他笑时,她比他还开心;他受委屈时,她的心比他的还要疼。

宝玉身边姑娘丫鬟成群,可这种默默的踏实的温柔和体贴,谁能给得出?

只有林黛玉。他生命中不能被任何人替代的林黛玉。

黛玉对宝玉的那份情，太深，太真。那是只给他这个人的，跟家世、根基、仕途，甚至婚姻都没有任何关系。

这世间，唯有深情作不了假。

浪漫、关心、安慰这些举动都能做出来，可是眼里的泪，心中的疼，装不出来。林黛玉对贾宝玉那些躲躲闪闪遮遮掩掩细细碎碎的温柔和亲密啊，如此动人，如此让人怀念，那是因为，它们是真的。

她不像薛宝钗，一出场就表现得方方面面完美无缺无懈可击。林黛玉在书中，有一个很明显的性格形成过程。她由刚进贾府时的任性孤高，一点点地变得通达温柔。成长中的她的每一次转变，我们能看得到源头，知道原因。这是一个让人信任、让人安心的人物形象。

林黛玉这个人并不完美，可就算那些瑕疵，也在表明，她的真。

这份美好的真，让人动情动心。

（八）

《红楼梦》世世代代给过多少人心灵的安慰乃至精神支撑，很大程度上是因为，我们有林黛玉。

通透聪慧、自然清新、风流潇洒、知心着意、善良大度、真情至性、温柔细致、幽默可爱、才华出众，这是一个有着卓绝才情的林黛玉啊。那些有文人情怀、有精神审美追求的人都是有福的，因为我们有永恒的《红楼梦》，有永恒的林黛玉。

歌德的那句千古感叹：永恒的女性啊，引领我们飞升！他说的女性不远，就在《红楼梦》里，就是林黛玉。

至于那些说林黛玉小性儿、爱哭爱生气爱闹别扭、不宜娶回家当老婆的人，你们完全不用纠结这件事，因为林黛玉根本不属于你。

她的美丽和动人，不是给所有人的。

木心曾经说，哲学、文学属于极少数智慧而多情的人，是幸福，是享受，和大多数人没关系。

我看到这句话的时候，想到的，就是我们的林黛玉。

尺幅鲛绡劳解赠：两块旧手帕的故事

（一）

因为贾环不怀好意的调唆，宝玉挨了父亲贾政下死手的一顿毒打。大热天里，宝玉被打得遍体鳞伤，疼得如针挑刀挖。宝玉挨打，非同小可，从贾母到丫鬟，哭的喊的、怒的骂的、疼的怨的，上上下下，忙成一团。姐妹们闻讯，也都急忙过来探看，薛宝钗手托着一丸药，林黛玉红肿着两只眼。

薛宝钗在探看期间，心思有致，话语周全，滴水不漏，对宝玉和袭人笑言以对，好言相劝。林黛玉则是空着手来的，只是"两个眼睛肿的桃儿一般，满面泪光""无声之泣，气噎喉堵"，半日才抽抽噎噎地说了一句话："你从此可都改了罢！"凤姐一来，她就赶紧从后门溜走，怕被嘲笑那双红肿的眼睛。

此情此景，两相对比，谁是那个把自己疼在心上的人，宝玉清楚明了。

到了晚上，宝玉心中牵挂着黛玉，又怕别人发现了心思，特意支走袭人，让晴雯过去潇湘馆看看黛玉，让黛玉放心：

"他要问我，只说我好了。"晴雯不明白让她走这一趟到底什么意思，无话可说，无事要办，去一趟干啥呢？所以，宝玉随手拿了两块手帕交给晴雯，让她送给黛玉。晴雯担心平白无故地送两条半新不旧的手帕会惹了黛玉。宝玉心中安定有信心，笑道："你放心，他自然知道。"

黛玉果然明白。尽管收到这旧手帕一开始心里有点闷住，但她细心搜求，忖了半日，醒悟过来。一下子，喜、悲、笑、惧、愧……万般思绪涌上心头，五内沸然炙起。

这里林黛玉体贴出手帕子的意思来，不觉神魂驰逸：宝玉的这番苦心，能领会我这番苦意，又令我可喜；我这番苦意，不知将来如何，又令我可悲；忽然好好的送两块旧手帕子来，若不领会深意，单看了这手帕子，又令我可笑；再想私相传递，我又可惧；我自己每每好哭，想来也无味，又令我可愧……（第三十四回）

这特意送来的，哪里是两块家常的旧手帕，这是宝玉在明明白白地告诉她：我心里知道你的牵挂和心疼，我也在心中无时无刻不牵挂着你！你放心，你的心思，我明白！

于是，黛玉急命人掌灯，提笔在手帕上写下了著名的"题帕三绝"。

眼空绪泪泪空垂，暗洒闲抛却为谁？
尺幅鲛绡劳解赠，教人焉得不伤悲！
……

这一刻，游走的是笔端；流淌的，是沸腾的情感；抛洒的，是心中恣意汪洋的泪水！这一刻，两块手帕，把两颗心紧紧地连在了一起。不再把真情隐瞒，不再用假意试探，不再用别扭确证，两颗心，像两面镜子一样互相映照，明澈清晰！两个人，彼此明白，互相牵挂！

如果，你也曾收到过常人看起来可笑的"意外礼物"，请不要随意一笑置之，不要将其轻易丢掉，那看似奇怪的无厘头的礼物，很可能承载着千种无法言说的心绪，万丈无法探测的深情！

这就是著名的"晴雯送帕"的故事。"尺幅鲛绡劳解赠"，两块旧手帕，宝玉让晴雯送到黛玉这里，开始有了别样的深意。

（二）

贾家四个姑娘的名字"元迎探惜"，历来被人解读为红楼全书的整体氛围——"原应叹息"。我觉得，黛玉和宝玉之间的关系，也可以用四个字来描述："源映叹惜"。

源，林黛玉的前世，是西方灵河岸上、三生石畔的一株绛珠草。绛珠仙子道："他是甘露之惠，我并无此水可还。他既下世为人，我也去下世为人，但把我一生所有的眼泪还他，也偿还得过他了。"这是林黛玉和贾宝玉前世的因缘，是他们的"木石之盟"。泪水不是一般的水，泪水的源头不是眼睛，而是心中的深情。源源不断的泪水，源自灵魂中的那条灵河，是心中万丈深情的外显。只有这种带着情感和灵气的水，才能洗去顽石的蒙尘，洗去宝玉心中的蒙蔽，让他清醒，让他觉悟。黛玉的眼泪，黛玉的情感，是宝玉灵魂和生命力量的源泉。

映，第一次见面，就互相认出了对方。第三回中，林黛玉进贾府第一天，看到宝玉便大吃一惊。心下想："好生奇怪，到像在那里见过的一般，何等眼熟到如此！"而宝玉直接说了出来："这个妹妹我曾见过的。……心里就算是就相认识，今日只作远别重逢，未为不可。"林黛玉和贾宝玉，两个人互一打量，心里就已经感受到了对方在今生的意义。从那之后，宝黛一起长大，"二人之亲密友爱处，亦自较别个不同，日则同行同坐，夜则同息同止，真是言和意顺，略无参商"。他们，是知己。他们的灵魂，如同两面相映相现的镜子，你中有我，我中有你，他们在对方的眼睛中看到了最真实的自己。

叹，从什么时候起，黛玉和宝玉开始叹息的？这个关系着两人灵魂和生命的"木石之盟"，却无人主张——黛玉父母双亡，孤零一人；宝玉的婚姻他自己完全做不得主。更让黛玉独自叹息的，是又来了个"品格端方容貌丰美"的薛宝钗，而宝玉对待宝钗的态度也是那么的亲。两人都心中有意却无法说出口，他们只好瞒下真心，用假意试探。于是，使小性，吵架，大哭，互不搭理："一个在潇湘馆临风洒泪，一个在怡红院对月长吁，却是人居两地，情发一心。"叹啊叹，见面吵,分开叹,长吁短叹——若说没奇缘,今生偏又遇着他;若说有奇缘,如何心事终虚化?!

惜,怜惜,这是林黛玉对宝玉的最后的情感态度。到了最后,黛玉已经知道木石婚姻之不可能。然而,对宝玉,她没有恨;对于这一生痴情终将化为云烟的结局,她没有怨。敏感聪慧的绛珠仙草,早就知道自己这份孤绝的爱情不可能结出婚姻之果;早就知道,她会"回去"。今生今世,她只有一份怜惜的牵挂,没有她,宝玉会彻底孤独。

87版电视剧《红楼梦》里,林黛玉临死的最后一句话没有说完:"宝玉,你好……"曾有很多人猜过后面的这个形容词是什么。我觉得,那一刻,临行的黛玉对宝玉只有怜,只有惜——我回去了,这世间留下一个孤独的你,谁来懂,谁来陪?我想,那句没有说完的话应该是:"宝玉,你好可怜!"这是黛玉对宝玉最后的温柔和慈悲。她的这份灵魂的温暖陪伴,只给唯一的知己;她的纯情泪水,只洗一个人的心尘;她的这份温柔的慈悲,只留给灵魂的伴侣。

(三)

这两块意义深长的旧手帕后来哪里去了?

曹公没有写到林黛玉的结局。87版电视剧中,黛玉临死前,让紫鹃拢上火盆,焚诗稿,断痴情。黛玉用尽最后的力气,用打着战的手,想撕掉那写着字的手帕,撕不动,撂到火盆上，烧掉了。可我一直一厢情愿地认为，这两块手帕不是被烧掉了，而是被送回了。黛玉让两人共同的知己紫鹃把题着诗句的手帕送回给了宝玉。

焚掉的诗稿，大多是林黛玉独自所作，而这两块手帕，是宝玉送来，她把诗题在上面的，跟其他诗稿不一样。她不会烧掉，她一定会让紫鹃留给宝玉，那是她今生最后一缕深情，手帕上，有凝结着她情思的字字诗文，有她流自心灵深处的斑斑泪痕。

电视剧的最后一集中，有这样一个场景：宝玉这块石头在红尘中历尽悲欢离合、世态炎凉之后，独自一人坐在茫茫大海边的一块大石头上，回想他在这红尘中的经历。啊，那似锦繁华、温柔富贵的一场梦境！转眼就沦落到家破人亡、受辱遭打的境地！当彻骨的冰冷向心底袭来的时候，他把一块破布里包着的几块琉璃碎片捂在了心口。一个秋雨淋淋的晚上，他去看望病中的黛玉，临走前，黛玉怕夜路黑滑，把一盏精致玲珑的琉璃绣球灯给了他。如今，灯碎了，只留下几块琉璃片……那是黛玉曾经给他的关怀和温情……

我一直在想，那一刻，宝玉捂在心口上的，应该不是琉璃绣球灯的碎片，琉璃片是冰冷的，是会割伤人的。被捂在心口上的，应该是那两块手帕。孤独彻悟的宝玉紧紧地捂在心口上的，是那独属于他的一份深情。人在这茫茫渺渺的时空中走一遭，为大千世界中的声色名相痴迷过，但到最后才悟到，情是生命旅程中唯一的行囊。人生情缘，各有分定。

他有那么多的姐妹丫鬟，花团锦簇，可是弱水三千只取一瓢，他能带着的，只有黛玉的泪，黛玉的诗。黛玉，是他的知己，是他此生唯一的灵魂伴侣，是上苍给他的最大的慈悲。

直到他在颠沛流离中把这两块手帕也弄丢了，他才会看破一切，万境归空。

从此，"赤条条来去无牵挂"。

从此，"白茫茫大地真干净"！

心底那无与伦比的清甜：最美的那句话

（一）

两个人的情意，发展到一定程度，总有一天要戳破窗户纸，是谓表白。

从小到大，读到的、听到的爱情故事中，表白的方式有很多种。可多年来，《红楼梦》中，贾宝玉对林黛玉的那句表白，是一直烙印在我心中的最美表白。我爱这句话，超过其他关于爱情的万语千言。

那句话是："你放心。"

那句话，是怎么说出口的呢？

那年的端午节即将来临。贵妃元春早早地给贾府赏下了过节之礼。可让宝玉不明白的是，他和宝钗的礼物分量相同——比林黛玉和家里其他姑娘的多一些。拥有最高话语权的贵妃娘娘，通过赏赐，传达了一个明确的暗示。黛玉一下子感受到了威胁："我们没福禁受，比不得宝姑娘，什么金什么玉的，我们不过是个草木之人！"而宝钗姑娘，也曾把"金玉良缘"放在心上的，得到了这个暗示，"心里越发没意思起来"。没意思吗？当然不是，她也开始上心了。

五月初一，按照娘娘的安排，贾家在清虚观打三天平安醮。就在这个时候，一个无关紧要的人——张道士，把那件人人关心的事情提了出来——他来给宝玉说亲。相信那一刻，在场的很多人都把心提到了嗓子眼。还好，这件事被眼明心亮的贾母一口回绝，说宝玉不该早娶，此时暂且不提。而且老太太明确地表明了自己的态度：我不看根基富贵，只看人，模样性格要配得上。提亲之事，似乎就这么过去了。

可这件事，在宝玉和黛玉那里，直接引发了轩然大波，他们大吵了一架。

（二）

我们在读《红楼梦》的时候，一开始就知道，宝玉和黛玉有着前世的"木石之盟"，他们是心心相印的灵魂伴侣。可是，在书中，这两位当事人，是不知道的。他们从第一次见面起，到后来一同长大，虽然心中都有了别样的感受，但是以他们的身份，他们的性格，在那样的生活环境中，是不可能把心意说出口的。于是，两个人都把真心隐起，却每每用假意试探，人变得敏感而做作，动不动就生气闹别扭。而"金玉良缘"的说法、来自元妃的暗示、有人给宝玉提亲，却是在明处的——压力已经到来，两个人都极其不安。

贾母一句"不是冤家不聚首"，让两个人都参禅一般潜然泪下,一个在潇湘馆临风洒泪,一个在怡红院对月长吁,人居两地,情发一心。一场风波过去,两个人的心思都更加清明了,然而,说不出口啊,无法说,不能说。

史湘云的到来以及她对薛宝钗的称扬和崇拜让黛玉内心更加紧张。在第三十二回中,黛玉担心宝玉会因为一阴一阳的两个金麒麟再跟史湘云生出什么风流佳事来,就悄悄来到怡红院,想看看他二人之意。结果正好听到了史湘云在劝宝玉去见贾雨村,去学些仕途经济的学问,以便应酬日后有用的朋友。宝玉不但不给一丝面子地直接回绝,还直接跟湘云和袭人说明了黛玉和其他人的区别:"林妹妹从来说过这些混账话不曾?若他也说这些混账话,我早和他生分了。"

此刻悄悄站在窗外的黛玉,正好听到了这句话。这句话,听得黛玉又喜又惊,又悲又叹。所喜者,果然自己眼力不错,素日认他是个知己,果然是个知己。所惊者,他在人前一片私心称扬于我,其亲热厚密,竟不避嫌疑……可是,可是,为什么还有那么多的"可是"!

此刻,她还要进去吗?不用了,再说什么都已经无味了。于是,她抽身离开,宝玉却从后面追了上来。两个人,就这样单独面对了。他望着她眼中的泪,她望着他脸上的汗,心疼、心伤、心怜一齐涌上心头:

宝玉瞅了半天,方说了"你放心"三个字。林黛玉听了,怔了半天,方说道:"我有什么不放心的?我不明白这话,你到说说,怎么是放心不放心?"宝玉叹了一口气,问道:"你果然不明白这话？难道我素日在你身上的心都用错了？连你的意思，若体贴不着，就难怪你天天为我生气了。"林黛玉道："真不明白放心不放心的话。"宝玉点头叹道："好妹妹，你别哄我。果然不明白这话，不但我素日之心白用了，且连你素日待我之意也都辜负了。你皆因总是不放心的原故，才弄了一身病，但凡宽慰些，这病也不得一日重似一日。"林黛玉听了这话，如轰雷掣电，细细思之，竟比自己肺腑中掏出来的还觉恳切，竟有万句言语，满心要说，只是半个字也不能吐，却怔怔的望着他。此时宝玉心中也有万句言词，一时不知从那一句上说起，却也怔怔的望着黛玉。两个人怔了半天，林黛玉只咳了一声，两眼不觉滚下泪来，回身便要走，宝玉忙上前拉住说道："妹妹，且略站站，我说一句话再走。"林黛玉一面拭泪，一面将手推开说道："有什么可说的。你的话我早知道了。"口里说着，却头也不回竟去了。（第三十二回）

终于说出口了。你放心。

（三）

"你放心"。这是一句发自肺腑的懂得。

宝玉在告诉黛玉，我懂得你孤苦一人寄人篱下的哀怨和自怜，我懂得你在听说了来自宫里贵妃的暗示后心里的不安，我懂得众人口中有意无意的"金玉良缘"在你心中惹起的反感，我懂得张道士当着众人面提亲在你心中激起的失落的狂澜。你平日里在我身上用的心，用的情，我懂得；你因为心中不安，那些小性子，小别扭，我懂得；你那些无法言说的万端心思，你的试探、猜疑和期盼，以及它们化成的串串泪珠，我懂得。一切，都在我的心上，你放心，我懂得。

"你放心"。这是一句明明白白的表白。

说什么"金玉良缘"，论什么"仕途经济"，家世、背景、仕途、姻亲，那些人看重的东西，在我这里，却毫不相干。你是我灵魂选择的知己，在我眼中，你独一无二，你不可替代。我对你的珍视超过了其他所有人，你对我的意义，没有其他任何人可以相比。我会牢牢记着我们前世的"木石之盟"，从今生第一次见面起，我就在人群中认出了远别重逢的你。你放心，这句话说出口之后，再也不会有别人。

"你放心"。这是一句庄重严肃的承诺。

你放心，我的生命里，我的未来里，都有你。我会为了你我共同的理想和未来努力。我不会随波逐流轻言放弃。我会坚定执着地好好做自己，我会聪明地随遇而安保全自己；我会好好地走出一片属于自己的世界，独立而勇敢，我不会成为任何人的依附和拖累，包括你；我会认认真真地、积极乐观地、真诚热忱地，让自己的生命之树根须深深扎下，树干直立挺拔，枝叶茂盛繁华，让它顺应时节开花结果；我会让自己长成与橡树并肩而立的一株木棉，我们的根，紧握在地下，叶，相拥在云里。

(四)

有朋友曾问我，你能不能用一句话告诉我，《红楼梦》到底讲了一个什么故事？

从哲学层面上说，这本书讲了一个从"空"到"悟"的故事。《红楼梦》一书深邃博大，其哲学主旨就是十六个字：因空见色，由色生情，传情入色，自色悟空。

从现实人生层面上说，这本书讲的是一个孤独的灵魂，在茫茫人海中寻求知己的故事。

一块顽石，因为女娲的锻炼，有了灵性。听了一僧一道的快意谈论，动了凡心，去人世间经历一番。从茫茫虚空到最后的悟空，生命的这段旅程原本是孤独的。而最珍贵的，莫过于旅途中遇到一个心灵相通的知己。找到了，这个生命，这颗心灵，才会感受到发自内心的欢喜与温暖，才会有真正的安心与宁静。漫漫一生，知己难得，拥有的滋味，无与伦比。

最幸福清甜的滋味，莫过于，"你放心"。

安心、欢喜、踏实、温厚，最美的那句话，莫过于，"你放心"！

满纸读来有异香:《红楼梦》中的香气

(一)

在第一回中,曹公以作者的身份,为《石头记》题了一首诗:"满纸荒唐言,一把辛酸泪。都云作者痴,谁解其中味?"

87版电视剧《红楼梦》的全套组曲作曲者王立平先生有次在跟我单独交流的时候,说:"有太多东西会让人一时着迷,后来就丢掉了。但是我还没有见过哪一个人,如果他真正读出了《红楼梦》的滋味,以后变得不爱《红楼梦》的。'一朝入梦,终生不醒',忘不掉的。"

一直视王立平先生为"音乐版"《红楼梦》的作者,是与曹雪芹心灵相通的跨时代知音。我觉得,王立平先生是真正体会到了"其中味"的人。

很想说说《红楼梦》的香味。

这要从男主人公贾宝玉的感觉说起。

对于贾宝玉来说,红楼一梦,红尘一遭,从"花团锦簇地,温柔富贵乡"到"好一似食尽鸟投林,落了片白茫茫大地真干净",这段历程中,伴随着他的,除了美色美景美食美酒,还应该有令人难忘的香气。

贾宝玉应该天生就对香气很敏感。一岁抓周,他就伸手抓了脂粉钗环,长大后,更是对香粉胭脂痴迷不已,不但爱吃爱闻,更是亲自动手为姐妹们制作最好的胭脂。

香更是他日常生活的一部分。随身带着香囊香袋儿,房里要熏香。有次过年期间,他一时兴起去袭人家玩,袭人慌忙往自己的手炉里添上两个梅花香饼儿让他拿着。可以说,各种各样的香气,始终伴随着他的贾府生活时光。

但是,最难忘的香气,只与人、与灵魂相关。

(二)

第五回"开生面梦演红楼梦 立新场情传幻境情"中,贾宝玉随贾母在宁国府赏梅花,午休时他先被秦可卿安排在上房内间。可是宝玉一看"世事洞明皆学问,人情练达即文章"的画和对联,就心中不快,不肯在那里了。所以,秦可卿把他带到了自己的屋子里。这件小事,很"偶然"地开启了他最难忘的"香气记忆"。

秦可卿的屋子给他的第一印象是"香":"刚至房门,便有一股细细的甜香袭人而来。宝玉便愈觉得眼饧骨软,连说好香!"

在房中香气的笼罩中,梦中的贾宝玉在警幻仙子的带领下,走进了神秘莫测的太虚幻境。

那是个"人迹希逢,飞尘不到之处",贾宝玉来到幻境后面时,除了看到朱户琼窗,更是闻到了从未闻到过的花草清香:"更见仙花馥郁,异草芬芳,真好个所在!"

在警幻仙子的带领下,对香料熟悉的宝玉先是闻到了之前不认识的香味:警幻"携了宝玉入室。但闻一缕幽香,竟不知所焚何物。"警幻告诉宝玉:"此香尘世中既无,尔何能知?此香乃系诸名山胜境内初生异卉之精,合各种宝林珠树之油所制,名为群芳髓。"

——这香,尘世中无。凡尘之中无从寻觅,无方亦无材。

入座后,宝玉尝到了太虚幻境里的茶香:宝玉自觉香清味异,纯美非常,因又问何名。警幻道:"此茶出在放春山还香洞,又以仙花灵叶上所带之宿露而烹,此茶名曰千红一窟。"

——这茶,这水,都无处可寻。

茶后,宝玉在众仙姑的陪同下,品了幻境中的酒香:"真是琼浆满泛玻璃盏,五液浓斟琥珀杯。""宝玉因闻得此酒清香甘冽,异乎寻常,又不禁相问。"这是什么酒呢?"此酒乃是百花之蕤、万木之汁,加以麟髓之醅、凤乳之酿成,因名为万艳同杯。"

——这酒香就更神妙莫测了,连用以酿就的材料都世间不存。麟髓、凤乳,何人曾见!

"群芳髓"。"千红一窟"。"万艳同杯"。

这些，是什么香？是什么味道？

——这是"悟"的滋味，这是"灵气"的清香。

贾宝玉梦游太虚幻境是全书中极其重要的一回，定下了全书的哲学主旨和高度。这"梦中梦"的一回，用一本本记录着女子过去未来的簿册，一支支"声韵凄婉"的"红楼梦"词曲，写尽了书中主要人物的命运。

我想，贾宝玉在以后的生活中，一定会在头脑中无意识地经常回忆起在太虚幻境看到的场景，一遍遍回味在梦中闻到和品到的香味，在那些灵光闪回、似曾相识的时刻。

（三）

生活中，那种不知何物、无迹可寻的香气，贾宝玉还闻到过一次，那是在林黛玉身上。

第十九回"情切切良宵花解语　意绵绵静日玉生香"中描写了发生在正月里的一个极其清新可爱的场景。贵妃元春元宵省亲刚过，贾家正值鼎盛时期。上上下下所有人，都是那么的喜气洋洋，无忧无虑。

宝玉午饭后无事，来找黛玉玩，看到黛玉正在歇午，就把她推醒，要跟她一起歪着说话。

宝玉在黛玉面前，是完全亲密放松的，他对黛玉撒娇，要她的枕头。没有其他人在场时，黛玉也是极其放松可爱的。黛玉听了，睁开眼，起身笑道："真真你就是我命中的夭么星——请枕这一个。"说着将自己枕的推与宝玉,又起身将自己的又拿一个来,自己枕了,二人对面方倒下。

在两个人完全放松、亲密干净、心中毫无杂念,几乎澄澈透明的情景中,一种奇异的幽香出现了。

这段两个人关于香气的描写和对话很令人神往:

宝玉总未听见这些话,只闻得一股幽香,却是从黛玉袖中发出,闻之令人醉魂酥骨。宝玉一把将黛玉的袖子拉住,要瞧笼着何物。黛玉笑道:"□□□冷,谁带什么香呢?"宝玉笑道:"既然如此,这香是打那里来的?"黛玉道:"我也不知道,想必是柜子里头的香气,衣服上熏染的,也未可定。"宝玉摇头道:"未必,这香的气味奇怪,不是那些香饼子、香毬子、香袋子的香。"(第十九回)

一股不知从何处而来的奇香,幽幽地出现在两个人之间。每次读到这里,我都很想问问宝玉:黛玉身上这股奇怪的香气,有没有让你觉得似曾相识?有没有唤起你对太虚幻境中的香气的记忆?太虚幻境中仙花瑶草的芬芳,也许就停留在你脑海中自己都意识不到的地方,可是凭着这个记忆,你闻到了面前这株绛珠仙草的香气!

接下来,两个人亲密无间地打闹,场面更是亲香无比。

宝玉"说着翻身起来,将两只手呵了两口,便伸向黛玉膈肢窝内,两肋下乱挠。黛玉素性触痒不禁,宝玉两手伸来乱挠,便笑的喘不过气来,口里说:'宝玉!你再闹我就恼了。'"

挠了痒痒,宝玉还拿耗子的故事编派黛玉。在这里,他依然在回味黛玉的香味："我说你们没见识面，只认得这果子是香玉，却不知盐课林老爷的小姐，才是真正香玉呢。"

这一个场景极其可爱。宝黛两人虽然从小一起长大，但是翻遍全书，关于两个人"动手动脚"的身体接触的文字却极其有限。第十九回里的这个场景，两个人随性自然、亲热可爱地打打闹闹，互相编派玩笑，没有礼数顾忌，没有心疼眼泪。我每次读之都会在想象中嘴角上翘，无限神往，有着前世"木石之盟"的宝黛之间，这样的画面，其实很少。

我想，林黛玉的"奇香"，其他人都未必能感觉到，比如那天后来的薛宝钗就没有提起。但是贾宝玉能闻得到。那幽幽的、静静的、若有若无的却不能否认的奇异香味，是他和林黛玉这一对知音灵魂亲密相对、和谐共舞时所散发出来的芬芳。

这芬芳，是让人向往的、清甜的、幸福的味道。

（四）

贾宝玉一定也会记得，薛宝钗那著名的"冷香丸"。

薛宝钗因为"从胎里带来的一股热毒"，时常会犯点喘嗽，"若吃寻常药，是不中用的。他就说一个海上方，又给了一包药末子作引子，异香异气的，不知是那里弄了来的"。

尽管"冷香丸"的配方极其麻烦琐碎，但好在"东西药料一概都有现易得的，只难得这'可巧'二字"。这对于薛宝钗来说并不是难事,"一二年间,可巧都得了"。

在贾宝玉眼中,宝钗的"冷香丸"的香,一定跟他之前的"香气记忆"有着本质上的区别。"冷香丸"固然难以炮制,但毕竟是有方可循、有物可觅的。

给他留下深刻记忆的香气,是人间无法调制、无处寻求的芳香。那是心的觉悟的芳香,是哲学和智慧的芳香,是灵魂的爱的芳香。

自《红楼梦》问世以来,"红学"相关的文字和书籍,已经是汗牛充栋。有人考据版本流传,有人考证作者身世,有"专家"解读其中的政治附会和人物影射,更有大量的"水煮""爆烹"之类的解读。经常有很多关心我的朋友发来一些类似于"《红楼梦》作者是谁""某个主要人物的历史原型"的"红学发现"。这些形形色色的考据和发现,让我很是佩服,自己在这方面无能,亦无愿。

因为在我心中,《红楼梦》的文本价值,是超越时代、超越历史的。

《红楼梦》也只是人类文学星辰中的一座。人类历史上的伟大文学,毫无例外地,其文本中都有在宇宙时空的浩瀚背景下对人的生命、对灵魂、对人性的深层探索和追问。正是这个深远的视野和追问,才撑得起伟大而深邃的文学作品的永恒性。伟大的文本,超越作者,超越它所诞生的时代和地域。所以,莎士比亚的经典戏剧全球共读,永不过时;《浮士德》常读常新,成为世世代代人类汲取灵感的源泉;卡夫卡对现代人类精神困境的揭露和表达，绝对超越作者本人"一个保险公司小职员"的实际生命。

这样的文本，我们面对的最好方式，一定不是用各类"历史考据"把它缠缚在某个时代里，绑扎到某个具体的人身上。我一直很期待并向往着的，是对文本关于"人类""生命""灵魂"这些主题的解读和发挥，在文本基础上更"文学性"的创造性解读。面对伟大的文本，我们更需要真诚地敞开心扉，用心、用情去体会书中的思想境界和生命状态。在每个时代，都有真正的读者用鲜活的生命状态去激发经典文本中的光彩，用自己的生命去赋予文本生生不息的生命，这样的光彩互现和生命互给，是令人神往的阅读状态，这才是真正感受到文学作品的滋味。

《红楼梦》永恒的芬芳，就像宝玉在太虚幻境中闻到的香气、品尝到的香茗和美酒一样，是尘世现实中找不到物质存在的，那是人的灵魂觉悟的滋味。面对这样具有"无法可配，无迹可寻"的芬芳的文字，除了考证和推论之外，更需要的，是心的灵性和悟性，是情的同温和共舞。

那令人难忘、令人沉醉的芬芳馥郁啊，是心灵在觉醒的感受，是幸福在生长的声音，是清凉的流动的乐曲，是灵魂在翩翩起舞的姿态。

用心、用情读《红楼梦》吧，满纸字里行间散发出来的幽幽奇香，会像一双温柔的手，带着你，走进清净光明、幸福欢喜的心灵境界。

《红楼梦》哲学主旨的化身：理解秦可卿

（一）

《红楼梦》的女儿中，秦可卿是一个极其特殊的人物。她在全书中第一个去世，无后，她的葬礼待遇空前绝后。秦可卿在书中有两个身份。她引领着宝玉进入太虚幻境，在宝玉的梦中，她是"司人间之风情月债、掌尘世之女怨男痴"的警幻仙子的妹妹，在警幻的安排下，与宝玉结为夫妻；现实中，她是宁国府的蓉大奶奶，是贾蓉的妻子。

——亦仙亦人，神秘莫测，深不可测。

一等一的人品性情，扑朔迷离的出身，跟公公贾珍说不清的关系，跟王熙凤的闺密知己关系，对贾宝玉的性启蒙……都给秦可卿这个人物蒙上了一层又一层的神秘面纱。有人解密她的身世，有人考证她的影射，有人津津乐道于她的"乱伦"。历史考据和权谋秘史之说，非我所能，亦非所愿。

我更愿意，哲学地理解秦可卿。

（二）

为了理解秦可卿，我们首先来看《石头记》这部书的来源。

《红楼梦》的开篇，茫茫大士和渺渺真人将那块"灵性已通"的无用顽石携入红尘之前，就已经告诫过他："善哉，善哉！那红尘中有却有些乐事，但不能永远依恃。况又有'美中不足、好事多魔'八个字紧相连属。瞬息间则又乐极悲生，人非物换；究竟是到头一梦，万境归空。"但"凡心已炽"的石头哪里听得进去这番警诫，执意要去。所以，才有了一番红尘经历。

不知过了几世几劫后，这番红尘经历被历历记述在大石头上，被访道求仙的空空道人抄录问世。关于这部《石头记》，一开始就很清楚，"大旨谈情"，"因空见色，由色生情，传情入色，自色悟空"，这十六个字是《石头记》的哲学主旨。整部红楼，讲的就是这样一个关于"情"和"悟"的故事。

一僧一道不但在携顽石入红尘之前告诫他，还在他的红尘之旅中于危急时刻出手相助。第二十五回中，"魇魔法姊弟逢五鬼　红楼梦通灵遇双真"，贾宝玉和王熙凤被小人作法陷害得不省人事生命垂危的时候，石头被声色货利迷住不灵验的时候，前来相救的，是一个癞头和尚和一个跛足道人，也就是携顽石入红尘的茫茫大士和渺渺真人。

（三）

我们再来看太虚幻境中，警幻仙子的妹妹可卿。

在全书最具梦幻色彩的第五回"开生面梦演红楼梦　立新场情传幻境情"中，警幻在去接绛珠仙子时，路过宁国府，偶遇宁荣二公之灵。他们嘱托警幻："虽聪明灵慧略可玉成，无奈吾家运数合终，恐无人规引入道。"所以，警幻仙子"发慈悲心"将宝玉引入太虚幻境，在宝玉的反复央求下，给他看了写着女子命运的"金陵十二钗"簿册，然后沁以仙茗"千红一窟"，醉以灵酒"万艳同杯"，警以妙曲"《红楼梦》十二支"，配以自己的妹妹"乳名兼美字可卿者"，告诫他"一番以情悟道、守理衷情之言"，希望他能"跳出迷人圈子，然后入于正路"，"以冀将来一悟"。在梦的尽头，宝玉在迷津遇到"夜叉般怪物"时，他失声喊叫："可卿救我！可卿救我！"

在太虚幻境中，可卿是警醒宝玉，规引他入道走上正路、挽救他于迷津之中、引领他走向"悟"的人。

（四）

我们接着看，贾家宁国府中的"蓉大奶奶"秦可卿，这个"心性高强、聪明不过"的一等一人物。她是秦业从养生堂抱养的孤儿,长得袅娜纤巧,性格风流,行事温柔和平,被贾母赞为重孙媳中第一个得意之人,是个极安妥的人。她的品行,让全家无不赞叹;她的去世,让全家悲伤痛心:"长一辈的,想他素日孝顺;平一辈的,想他平日和暖;下一辈的,想他素日慈爱;以及家中仆从老小,想他素日怜贫恤贱,慈老爱幼之恩,莫不悲嚎痛哭者。"

在贾家,按辈分,宝玉是秦可卿的叔叔。他们在生活上亲近的机会并不会太多,但他们在精神上是极其亲近的。宝玉在跟着王熙凤去看望病中的秦可卿时,听到秦氏说自己没有希望的病情,"如万箭攒心,那眼泪不知不觉就流下来了"。他在半夜梦中听到秦可卿的死讯,"连忙翻身爬起来,只觉心中似戳了一刀的不忍,哇的一声,直喷出一口血来"。他不顾贾母的劝阻,深夜顶着大风,立刻就要到宁国府去。秦可卿和贾宝玉,心心相连,关系非同一般。

《红楼梦》中,跟秦可卿最为相契的,是荣国府里的当家精英王熙凤。她们二人素来关系厚密,互相引为知己,是一对最能深聊得来、互诉衷肠的出彩人物。秦可卿死时,到王熙凤的梦中,给她一番极具识见的警告和嘱托:

"还有一件心愿未了,非告诉婶婶,别人未必中用。"……"婶婶,你是个脂粉队内的英雄……常言月满则亏,水满则溢。又道是,登高必跌重。如今咱们家赫赫扬扬,已将百载,一旦倘或乐极悲生,若应了那句树倒猢狲散的俗语,岂不虚称了一世的诗书之族?"

凤姐听了此话,心胸大快,十分敬畏,忙问道:"这话虑的极是,但有何法可以永保无虞?"秦氏冷笑道:"婶婶你好痴也!否极泰来,荣辱自古周而复始,岂是人力能可保常的?但如今能于荣时筹画下将来衰时的世业,亦可谓常保永全也。"(第十三回)

于是,秦氏详细地指点王熙凤,在祖茔附近多置田庄房舍地亩,为以后布局能够持续长久的经济来源;在附近设立家塾,就算败落下来,给后世留一条子孙回家读书务农的安全退路;在荣时提前筹划此事,不但没有竞争,较为容易,而且就算日后家族有罪,这部分祭祀产业是连官都不入的。

她告诉王熙凤不要沉醉于眼前而要冷静地把目光放长远:"若目今以为荣华不绝,不思日后,终非长策。"就算贾家马上要到来一件非常大的喜事,"也不过是瞬息的繁华,一时的欢乐",在"烈火烹油,鲜花着锦之盛"的时候,要"早为虑后,临期只恐后悔无益矣"。最后,她明确地把"盛筵必散"的结局告诉了王熙凤:三春去后诸芳尽,各自须寻各自门。

这番嘱咐过后,王熙凤醒了。

秦可卿托梦的内容,可以说是将茫茫大士和渺渺真人的告诫、警幻仙子的指引落实到贾府的实践性操作。这番嘱咐,高瞻远瞩,极具洞察力和远见卓识,并且根据实际情况,对贾府全家在未来的发展进行了具有可行性的提前战略部署。这番托梦,对未来预测之准确,思虑之深远,部署之严密,可行性之高强，堪比最伟大的管理智慧。

把茫茫大士和渺渺真人对石头的告诫，警幻仙子对宝玉的规引，以及秦可卿对贾府实际管理者王熙凤的托梦内容连起来看，我们就会发现，秦可卿嘱咐的思路，与前面的告诫和规引一脉相承，都直指本源，都事关长远。

秦可卿，这个人物，是整部《红楼梦》哲学主旨的化身。

（五）

托梦之后，秦可卿死了。

贾府的现实中，哲学死了。

贾宝玉要在对各种"情"的观察和体验中走向悟的道路了。他将会在大观园里时不时在脑海中闪现太虚幻境的画面。可是，尽管他有悟的灵慧，却无实际的能力和才干，他只是一块"无材不堪入选"的废料，是贾府一个富贵闲人。他无法挽回贾家的衰势。

王熙凤要大展其才了。在贾家办那场空前绝后的葬礼时，王熙凤协理宁国府，充分展现了她"裙钗一二可齐家"的办事奇才，展现了她"举止舒徐，言语慷慨，珍贵宽大"的巾帼英雄风范。

贾家要走上荣华富贵的巅峰了。葬礼过后，王熙凤在梦中忙着向秦可卿打听的那件大喜事很快降临。一时间，说不尽的太平气象，富贵风流。省亲的荣华巅峰过后，贾母和夫人们开始安享尊福。有着超人才干，却无对等的哲学修养的王熙凤开始在权力和金钱中逐步迷醉，她早就忘记了梦中秦氏那番思虑深远的警告和嘱托。"赫赫扬扬，已将百载"的荣耀贾家，已经开始不可逆转地走向衰途。再也没有人提到秦可卿，虽然她早在巅峰来临之前就说出了贾家的结局——树倒猢狲散。

（六）

贾府中，只有秦可卿能有那样的远见，能够做出那番"常保永全"、深具远见卓识的筹划。

秦可卿这个人物，是曹公安排在全书中的哲学主旨的化身，具有高水平的哲学修养。一个人哲学修养的境界决定了他的认知和思维水平。这里的"哲学修养"不是书本中的"哲学知识"，也不是用来显摆学问的"思考哲学"，而是更重要的"哲学地思考"。针对一件或者一类事进行深度观察和思考，有认识现象背后的本质的洞察力和悟性，能看到不同事件背后的相关和因果，并且根据这个认识来进行具有远见卓识的规划和部署。一个人的生活和生命质量，在很大程度上跟这些关键的思维能力紧密相连。而这些能力，取决于他对世界的认知层次，而认知层次的深浅、水平的高低，就是由他的哲学修养决定的。

一个人有没有深入地思考过人在时空中的位置，有没有冷静地观察和思考过这个世界的面貌和本质，有没有想过应该用什么态度来对待自己在世界上和时空中展开的生命，也就是说，有没有形成自己的时空观、世界观和人生观，对于他个人来说极其重要。这些东西，说起来很大很虚，但是，它们深深渗透并影响着一个人思考和做事的方式，跟他所有的生活日常都息息相关。它们体现于性情、体现于思维、体现于为人行事，就是一个人的人格。我一直认为，一个人真正"立"得起来，要立的核心，不是太多外在的东西，而是他的人格。

哲学有用吗？用来干什么？哲学是用来告慰人孤独的觉醒的灵魂的，哲学是用来指导人如何在时空中展开独一无二的生命旅程的。哲学地思考，会让心灵学会删繁就简，去伪存真，变得通透简单，敏感多情，最大限度地去接近和体会世界和生命的本质。这，就是我们每个人需要哲学修养的理由。

《红楼梦》是人类精神文化的一个奇迹，它有着一个最高最开阔最深邃最冷静的哲学视野。这是一双来自宇宙高处和时空深处的俯瞰的、悲悯的大观之眼。正是这双眼睛，让《红楼梦》有了一部文学作品所能达到的最大的容量和最深的深度。它从补天开始，说到每一个最普通最平凡的小人物。它包容一切，洞察一切，对所有人的生命都怀着深切的悲悯情怀。我觉得，这才是《红楼梦》的最伟大之处。

"让哲学主题回到世间人际的情感中来吧，让哲学形式回到日常生活中来吧。以眷恋、珍惜、感伤、了悟来替代那空洞而不可解决的'畏'与'烦',来替代由它而激发出的后现代的'碎片''当下'。"(李泽厚、刘绪源:《该中国哲学登场了》)在一遍遍深入的阅读和体会中,用精彩的人物和深情的故事,唤醒心的深处的美好情感,让心灵变得柔软而敏感,进而能始终对幸福保持开放和高感知的状态,是我们在当下读《红楼梦》的现实理由。

一声杜宇春归尽：紫鹃的温柔

（一）

如果不是"情辞试忙玉"，在贾府引发了一场上下震动的轩然大波，大观园里几乎不会有人注意到紫鹃的存在，除了林黛玉和贾宝玉。相比于鸳鸯、袭人这些丫鬟，紫鹃似乎安静而透明。

紫鹃是林黛玉身边的第一贴身服侍丫鬟，她在书中几乎和黛玉同时出场。黛玉进贾府的第一天，最疼爱这个孤弱外孙女的贾母，把自己身边一个二等丫头名唤鹦哥者，给了黛玉。当天晚上，鹦哥就陪着初来乍到的黛玉安歇。这个鹦哥，就是后来的紫鹃。

《红楼梦》全书中，几乎找不到独立的关于紫鹃的文字，没有描写她的长相和气质，没有关于她的一句玩乐、一次串门聊天的记录。除了一句宝玉看她的穿着"弹墨绫子薄棉袄，外面只穿着青缎夹背心"，对紫鹃的外在形象，曹公只字不提。书中有的，只有紫鹃的行动、言语和心事。

这就是紫鹃，她的所有心事，她的全部世界，都在林黛玉身上。

（二）

黛玉身体娇弱，常年服药；黛玉多愁善感，敏感多思；黛玉性情孤傲，对人要求很高。能把这样的人服侍得妥妥帖帖，紫鹃一定是个极其聪明细致的姑娘吧？紫鹃对于林黛玉来说，是无微不至的细致照料，是日日月月的熬药劝药，是时时刻刻的心疼陪伴。紫鹃这样说她和黛玉的关系："偏生他又和我极好，比和他苏州带来的还好十倍，一时一刻我们两个离不开。我如今心里却愁他倘或要去了，我必要跟了他去的。……我若不去，辜负了我们素日的情肠……"（第五十七回）她不是黛玉的丫鬟，而是黛玉最亲密的姐妹。紫鹃身上，没有一点奴性。

这么多年，紫鹃对黛玉是怎样陪过来的呢？黛玉曾对湘云说过她的失眠："我这睡不着，也并非今日。大约一年之中，通共也只好睡十夜满足的。"一年三百六十日，风刀霜剑严相逼。敏感多情的林黛玉，有那么深的愁，那么多的泪。杜鹃无语正黄昏——黛玉的无数个夜晚，都是紫鹃陪着过来的。无论外面是风逐柳絮、水漂落花还是雨打秋窗，黛玉身边，只有紫鹃。大观园的潇湘馆里，漫漫长夜，清清月光，萧萧竹影，耿耿孤灯，缕缕药烟，切切低语，柔柔开慰。这画面，多么清婉，多么动人。

紫鹃是林黛玉最深的知己,多年来,她把宝黛之意看在眼里,放在心里。她疼黛玉,也疼宝玉。她知道,他们两个人的生命和灵魂早就融合在了一起。宝玉和黛玉因为张道士的提亲而生气吵架的时候,紫鹃是这样劝黛玉的:

"虽然生气,姑娘到底也该保重着,才吃了药好些,倘是犯了病,宝二爷心里怎么过得去呢?"(第三十回)

宝玉听了这话,觉得说到自己心坎上来,可见黛玉不如紫鹃。他的心思,紫鹃看得更明白。

(三)

对于宝黛两人来说,紫鹃都是一个极其重要的人。她对两个人的知和懂有多深,在"情辞试忙玉"中体现得淋漓尽致。

举重若轻是大境界,是聪明人行事的艺术。在这里,紫鹃最当得起一个"慧"字。她经过仔细的观察和确认,将大风掀起于青蘋之末。她用一个情理可信的"玩笑话",说林黛玉早晚要"回苏州家去",精准地扯痛了宝玉心中最敏感的那根弦,提起了上上下下都在关注却不敢明言的那件事。

如果说,晴雯的"勇"属于硬碰硬的公开反抗,那么,紫鹃的勇敢因为智慧的伴随而更加令人赞赏。试忙玉是紫鹃策划的一场大行动,她做得举重若轻、行云流水。

在宝黛之间的爱情已经经过多次试探、确证、即将呼之欲出却无人主张的时候，在薛家母女带着"金玉良缘"的打算步步逼近的时候，在王夫人和元春已经开始打算选择薛宝钗的时候，紫鹃的情辞试忙玉的行动，是多么的聪慧而勇敢啊！她把一个巨大的事实推到众人面前，她为林黛玉举起了爱情的旗帜！

　　用一句可以理解的玩笑话，引发了一场让所有人紧张的轩然大波。她将宝黛之间本来秘而不宣的爱情公之于众，贾府上下人人皆知宝玉之失魂落魄和人事不省只是因为听说黛玉要离开而已。紫鹃此举，不但公开了这段爱情，而且让所有人看到了把宝黛二人分开的结果。这不是一次简单的试探，这是一场真实的演练。她用这场演练的结果告诉大家，黛玉是宝玉生命的源泉、灵魂的支撑。紫鹃让贾母心惊肉跳地意识到，强行拆开木石之盟的结果就是自己最爱的孙子和外孙女一起毁灭；她让王夫人知道，如果失去黛玉，自己唯一的心肝宝贝儿子就会死；她让打着算盘步步围上来的薛宝钗母女知道，宝玉已经做出了自己的选择——他心中只有黛玉。在这之前，宝黛之间的感情就像《红豆曲》里的"恰便是遮不住的青山隐隐，流不断的绿水悠悠"，是紫鹃，让大家看到了这幅含蓄的画面的另一面，一点都不诗情画意，而是山崩石滚，堤决河泛。这份爱情已经动真格了，是要性命的。

(四)

在紫鹃的照料和安慰下，宝玉完全恢复，对紫鹃说出了他藏在心底的话，确认了他的唯一选择："我只告诉你一句趸话，活着咱们一处活着，不活着，咱们一处化灰、化烟，如何？"紫鹃有了宝玉这句确信，她心下开始暗暗筹划下一步行动。

在这里，有一个小细节。紫鹃走之前，宝玉问她要了一面小菱花镜子，睡觉放在枕边，出门随身携带。经过这场风波，宝玉更加明确地知道，大观园里，紫鹃是最明白、最懂他们的爱情的人。黛玉是他灵魂的伴侣，而紫鹃，是他和黛玉两个人的知己。紫鹃像镜子一样，知两人所思，懂两人所念，明澈清晰。

回来的当晚，紫鹃对黛玉说出的那番话让所有人动容，字字句句，发自肺腑，质朴真纯，一片苦心：

"宝玉的心到实，听见咱们去，就那样起来。"……"一动不如一静。我们这里就算好人家，别的都容易，最难得的是从小儿长大在一处，脾气情性都彼此知道的了。"……"我是一片真心为姑娘。替你愁了这几年了……谁是知疼着热的人？趁早儿老太太还明白硬朗的时候，作定了大事要紧。……若是姑娘这样的人，有老太太一日还好，若没了老太太，也只好凭人去欺负罢了。所以说，拿主意要紧。姑娘

是个明白人,岂不闻俗语说的,黄金万两容易得,知心一个也难求?"(第五十七回)

一片真心,贴心贴肺。为黛玉好,没有半点保留。紫鹃,除了日日夜夜的照料和陪伴,她还以自己最大的力量,为黛玉的未来操心、奔走、努力。她是大观园诗心唯一不离不弃的相知相陪,为了黛玉好,她无私地奉献了自己。紫鹃的温柔,不是听话和顺从,她没有半点保留,没有一丝个人欲求,她用一颗晶然灿然的真诚的心,把全部的自己都奉献给了林黛玉。她是完完全全的体贴,知你懂你,暖你护你,毫无私心地为你奔走,为你抗争。她是你在凄风苦雨袭来时的一件外套,她是你疲惫烦躁时的一杯清茶,她是你孤独落寞时一双深情注视的眼睛,她是你被欺负受委屈时英勇地挥向敌人的拳头!

(五)

跟袭人的"心中眼中只有一个宝玉",但无时无刻不为自己能当上姨娘的打算相比,紫鹃的纯洁和无私最为难得。她一心一意为林黛玉着想,纯粹为了黛玉好,自己为此挨骂受累,她心甘情愿,毫无怨言。对林黛玉来说,紫鹃不是丫鬟,紫鹃是这个世界给她的一份完美的温柔,何其难得,何其珍贵。

这份紫鹃式的温柔有多重要、多珍贵?对于这个问题,言语似乎不起什么作用，说不出，道不明，你只知道，这样的温柔你只要见过一次，此生都会念念不忘。一旦失去，你会失魂落魄，人生了无生趣。

黛玉死后，紫鹃怎么样了？黛玉在《桃花行》里已经写过了：一声杜宇春归尽，寂寞帘栊空月痕。像啼血的杜鹃一样，她全部的生命和心事都随春归去了吧。

霁月难逢,彩云易散:是谁害死了晴雯?

(一)

第七十七回中,俏丫鬟抱屈夭风流,晴雯死了。

王夫人带着一群恶仆,雷嗔电怒地把生病数日,已"四五日水米不下,恹恹弱息"的晴雯从炕上拉下来,赶出了大观园。当天晚上,晴雯抱着满腹无处伸张的天大冤屈,独自死在了一方冰冷的芦席土炕上。

晴雯的死让人痛心。晴雯之死,是红楼中一桩极其重大的事件。

晴雯是宝玉的丫鬟,是"金陵十二钗又副册"之首。十岁时被赖管家买来,因为生得伶俐标致,贾母十分喜爱,所以被孝敬给了贾母,后来又给了宝玉。她是个什么样的姑娘呢?曹公借用宝玉之口,在那篇令人痛彻心扉的"芙蓉女儿诔"中,把他最高的赞美送给了晴雯:"其为质则金玉不足喻其贵,其为性则冰雪不足喻其洁。其为神则星日不足喻其精,其为貌则花月不足喻其色。"

霁月难逢,彩云易散。心比天高,身为下贱。风流灵巧招人怨，寿夭多因毁谤生，多情公子空牵念。美丽的少女晴雯，如同一盆才抽出嫩尖来的兰花般的晴雯，抱屈含冤而死的时候，才十六岁。她还没有来得及展开她的人生。

晴雯被赶出去时，宝玉哭道："我究竟不知晴雯犯了何等滔天大罪！"

只有十六岁的晴雯，是大观园里最美的丫鬟。看人眼光最挑剔的王熙凤这样说她："若论这些丫头们，共总比起来，都没晴雯生的好。"连日病中的晴雯，在怒气冲冲抄捡大观园的王夫人看来，"形容面貌恰是上月的那人"。可见晴雯生得有多么美丽。晴雯不仅长得漂亮，她的聪明和能干，也远远超过了其他人。阅人无数、最具识人眼光的老太太早就看上了她："晴雯那丫头，我看他甚好……我的意思，这些丫头的模样、爽利、言谈、针线，多不及他，将来只他还可以给宝玉使唤得。"

晴雯被赶出去后，宝玉偷偷去看她。知道自己已经活不了多久的晴雯哭着说："……只是一件死了不甘心的，我虽生的比别人略好些，并没有私情密意，勾引你怎样，如何一口死咬定了我是个狐狸精！我大不服……"

是啊，晴雯生得比别人好。她那么美丽，那么聪明灵巧，那么纯洁明朗，她就像秋日的晴空一样，明艳高爽、澄澈碧蓝。晴雯也知道自己生得处处比人好，所以，在内心里，她是非常骄傲的。心比天高——出身凄苦的晴雯在内心深处从来都没有把自己当作下贱奴才，她有着强烈的个人尊严感，她是个自尊自爱的姑娘。

（二）

伺候宝玉换衣服时失手跌折了扇股子，面对宝玉的指责，她敢直接顶回去："二爷近来气大得很，行动就给人脸子瞧……好离好散的到不好？"看到秋纹得了王夫人两件旧衣服得意扬扬的样子，她明确表示，自己坚决不要别人剩下的东西，"宁可冲撞了太太"——她骄傲的自尊心容不得任何轻慢侮辱。

端午节，宝玉白天"得罪"了晴雯，晚上回来时，晴雯拒绝伺候他洗澡和吃果子。于是，这两个精神相契的人就开始笑着斗嘴，怡红院里上演了极其"任性"的一幕——晴雯撕扇。在这一幕中，晴雯和宝玉把他们的共识——人的价值远远高于物的价值，人的尊严不能屈服于任何物质与制度之下，诠释得淋漓尽致：

"你爱打就打，这些东西原不过是供人所用……比如那扇子，原是扇的，你要撕着顽也可以使得，只是不可生气时拿他出气……""……晴雯接过来，嗤的一声，撕了两半，接着又听嗤嗤几声。""响的好，再撕响些。……古人云，千金难买一笑。几把扇子能值几何？"（第三十一回）

每次读到这一幕，都会在想象中会心一笑。骄傲的晴雯，任性的晴雯，扇子盘子这些东西，怎么能跟她比呢？晴雯和宝玉此刻相对的大笑，就像一股浪漫不羁、勇敢活泼的清流，冲破了世俗观念，冲破了上下尊卑，是宣言，是挑战！

在宝玉面前，晴雯有资格骄傲。她聪明能干，她的言谈针线全府第一，无人能及；她纯洁正直，眼里容不得沙子和苟且，她看不上袭人勾引宝玉的行为，一刻都容不得偷东西的坠儿；她细致精心，常年都是警醒敏感的晴雯夜里照顾宝玉，一有动静她就醒，宝玉已经习惯了晚上喊她；她对宝玉忠心赤胆，"勇补雀金裘"那一段，让多少读者热泪滚滚！

第五十二回中，宝玉不小心把老太太赐给他的珍贵的雀金裘烧破了一个洞，外面的裁缝都不认得这是什么东西，不敢织补，宝玉十分为难。能够补好这件衣服、给宝玉解难的，只有针线功夫一流的晴雯。可这个时候，晴雯已经伤风病倒了好几天。

高度的责任心产生高度的勇敢。对宝玉的责任感，让病中的晴雯拿出了一般人绝不会有的勇敢："（晴雯）一面说着，一面坐起来，挽了一挽头发，披了衣裳，只觉头重身轻，满眼金星乱迸，实实撑不住。待要不作，又怕宝玉着急，少不得狠命咬牙挨着，便命麝月只帮着纫线。"

这是下过大雪的寒冬里的一个晚上，这是已经病倒多日、发烧头疼身上烫手的晴雯。晴雯是怎么给宝玉补好这件衣服的呢？"织补两针，又看看，织补两针，又端详端详。无奈头晕眼黑，气喘神虚，补不上三五针便伏在枕上歇一回。"这种情况下，她还操心着宝玉，让他别陪着熬夜——"急的晴雯央道:小祖宗,只管睡罢……明儿把眼睛眍瞜了,怎么处?"从晚上刚掌灯时分到凌晨四点,才刚刚补完。又用小牙刷慢慢地剔出茸毛来。好容易补完了,说了一声:"补虽补了,到底不像,我也再不能了。"哎哟一声,便身不由己倒下了。晴雯,这位忠心赤胆的姑娘,经过这一夜狠命的努力,已经是"力尽神危……汗后失于调养,非同小可"。一心一意的晴雯,不顾自己的病体,没有丝毫的保留,为了宝玉,她拼了命。怡红院里有那么多丫鬟仆人,可还有谁能这样!曹公是多么的欣赏她啊!给了她一个全书中绝无雷同的评价:勇晴雯!最无私的勇敢源自最纯最深的感情——勇晴雯,勇情文!

(三)

是谁害死了晴雯?如此美好的晴雯?

在第二回中,曹公借用贾雨村之口,有一段极其精彩的"清明灵秀之气"论。"清明灵秀,天地之正气,仁者之所秉也;残忍乖僻,天地之邪气,恶者之所秉也。"正邪两气赋人。"置之于万万人之中,其聪明灵秀之气,则在万万人之上;其乖僻邪谬不近人情之态,又在万万人之下。……若生于公侯富贵之家,则为情痴情种;若生于诗书清贫之族,则为逸士高人;纵再偶生于薄祚寒门,断不能为走卒健仆,甘遭庸人驱制驾驭,亦必为奇优名娼……"他列举了一大串此类人的名字:陶潜、陈后主、唐明皇、宋徽宗、唐伯虎、李龟年、卓文君、红拂、薛涛、朝云……这些令人神往的名字，连起来，是一条流光溢彩的人文艺术长河；排开看，是可以代表文化艺术巅峰的星辰。

这些秉着灵秀之气所生的人物，这些奇才异品，乃是中华优秀的文化土壤中长出来的精华宝物。所谓物华天宝，人杰地灵，他们就是人群中的艺术家，是人性中最优美最璀璨最动人的那部分的化身！可是这些人，在生活中、在人群中是不显眼的，他们甚至在某些方面比一般人还要笨拙一些。平庸俗常的眼光也看不出、识不得。他们的价值，只存在于那些有着清明智慧和深厚修养的"同类人"的眼中："若非多读书识事，加以致知格物之功、悟道参玄之力者，不能知也。"

处处生得比别人好的晴雯，无疑是这类人中的一个。所以，晴雯之死，是一个重大事件，值得用一篇足以凌绝千古的诔文来纪念。因为晴雯之后，是香菱、黛玉、凤姐、宝玉。红楼中那些秉着天地灵秀之气所生的人物，跟"浊物"和"死鱼眼睛"有着天壤之别的精华人物，从晴雯开始，都走向了凋零和死亡的道路。

是谁害死了晴雯？——美丽的晴雯，勇敢的晴雯，能干的晴雯，纯洁的晴雯，个性鲜明没有奴性的晴雯，自尊骄傲、骨气铮铮的晴雯。她是秉着灵秀清明之气而生的鲜艳活泼的生命啊，在人群中，她是光彩夺目的天之骄子啊！晴雯没有犯错，所以曹公说她"抱屈夭风流"，晴雯之死的原因是：那样一个贾府，那样的统治者和上位者，不配拥有晴雯。

金玉之质，冰雪之洁，花月之色。她是风流灵巧的俏丫鬟，她是让人敬佩的勇晴雯，她是黛玉的副本，是宝玉的第二知己，是他心上第一等人。晴雯死了，死于那些平庸的恶仆和奴才之手，她更是死于王夫人这等狭隘、浅薄和无知的统治者之手，死于他们的没有人性，死于这些所导致的冷硬和残暴。

（四）

美好的人性不是生来就有的，它是人文和艺术修养滋养出来的。人文和艺术修养，算起来，是没有什么实际作用的。诗词歌赋不能当饭吃，小提琴无论如何都无法抵抗枪炮。可是人是需要人文和艺术修养的，因为它们会开阔和丰富一个人眼中的世界，让一个人学会多层次、多视角地看待问题——这才是真正的人的教养。如果一个人一直只会从自己的视角来看待世间万物，世界在他眼中就会变得越来越狭小，他的心也会变得越来越狭隘浅薄，他就会变得越来越麻木、固执、冷酷，就如同王夫人、贾赦和恶仆之流。这些人一旦有了行使权力的机会，世界就会变得可怕无比。因为他们容不得任何跟自己不一样的人。这正是我们需要真正的人文教育的理由。

如果人学会了从多个视点、多个角度来打量自己，眺望世界，世界就会变得开阔而立体、繁茂而柔软。如果人学会从他者的角度来看待问题，内心就会变得宽容而温柔。我们总说人要有颗善良的心，我一直认为，有没有学会设身处地地为他人着想，会不会用开放包容的目光看待"跟自己不一样"的人和事，是善良与否的根本基准点。

纯洁的晴雯，骄傲的晴雯，勇敢的晴雯，在死之前，她知道"按理不敢这样，但既然担了虚名，越性如此"，她把自己的两根葱管似的指甲和贴身穿的小袄送给了宝玉，"若有人问起来，就说是我的"。晴雯没有读过书，不会作诗，临死前，倔强的她，用自己的指甲，用自己的体温，用最亲密最直接的方式，表达了她的控诉、她的不屑。

是谁害死了晴雯？王夫人他们的说法是，没有人，她得女儿痨病死的。

人之交，贵共情

（一）

第六十四回中，贾敬丧事期间，七月里，天气很热，白日很长。宝玉人在铁槛寺，心却记挂着病中的黛玉。有天他见无客，就跑去看黛玉。

林黛玉在干吗呢？——她郑重其事地写了五首诗，就是"五美吟"。

郑重到什么地步呢？

宝玉在路上先遇到了黛玉的丫鬟雪雁。雪雁说："我们姑娘这两日方觉身上好些了。……又不知想起什么来，自己伤感了一回，提笔写了好些，不知是诗啊词啊。叫我传瓜果去时，又听得叫紫鹃将屋内摆着的小琴桌上的陈设搬了下来，将桌子挪在外间当地，又叫将那龙文鼒放在桌上，等瓜果来时听用。"

连天天在身边的雪雁都不明白黛玉这番郑重其事是为了什么。"若说是请人呢，不犯先忙着把个炉摆出来；若说是点香呢，姑娘素日屋里除摆新鲜花儿木瓜佛手之类，又不大喜熏香；就是点香，亦当点在常坐卧之处。"

　　林黛玉其实是个很随和的人。对待他人，她从来没有让自己的言行拘泥于等级身份和规则制度，生性敏感的她也从来不愿意随便去要这要那麻烦别人。但是，那天，她写"五美吟"的时候，极其郑重地进行了一场隆重的仪式——特意供上瓜果，摆了龙文鼐，焚香敬书。

　　她身体刚好些，她最想做的事情，没有别的，只有写诗。

　　对于写诗，黛玉是极其庄重严肃的。

　　因为，写诗对林黛玉来说，是更真实的生命状态。她在诗中抒发情感，表明思想，安放灵魂。

　　病中的林黛玉，对个人生命际遇的感触更深。是啊，生命如风中烛炬，那么，一个人该怎么对待这段必将走向死亡的、永不回头的旅程？

　　如果说《葬花吟》是林黛玉在哲学层面上的生命终极追问，那么"五美吟"则是她对追问的回答。

　　病弱的林黛玉，用矫健的文笔，把自己的观点和选择，表达得很清楚。

　　在"西施"一首中，她通过"一代倾城"的西施和曾被人嘲笑效颦的东施的命运对比，追问何为人生的幸福。在"虞姬"中，她对卖主求生却落得耻辱下场的人给予了干脆的鄙视——她宁可像虞姬那样饮剑自刎，也绝不苟且偷生！在"明妃"中，她表示了对任他人摆布的命运的不甘与拒绝。在"绿珠"中，她向往着被懂得被珍视的情感，哪怕结局是"瓦砾明珠"同归于尽。在"红拂"那首中,她更加大胆叛逆,对"巨眼识穷途"的红拂表达激赏,任何外在的羁绊,都束缚不了一位"女丈夫"对自我的勇敢追求!

从"质本洁来还洁去",到"岂得羁縻女丈夫"——黛玉的内心,从来都没有改变。

(二)

林黛玉刚写完,宝玉到了。

眼前的场面,让他心疼。"只见黛玉面向里歪着,病体恹恹,大有不胜之态。"

刚写完诗的黛玉很累。可她不会拒绝宝玉。她"慢慢的起来,含笑让座"。宝玉道:"妹妹这两日可大好些了?气色到竟比先静些,只是为何又伤心了?"黛玉先还有掩饰:"可是你没的说了,好好的我多早晚又伤心了?""妹妹脸上现有哭泣之状,如何还哄我呢?"

在他面前,不用掩饰。他能看到她的心底。他想说几句安慰的话:"凡事当各自宽解,不可作无益之悲。若作践坏了身子,将来使我……"却发现,交流越是深入,言语越是无力:"说到这里,觉得往下的话有些难说,连忙咽住。只因他虽说与黛玉一处长大,情投意合,愿同生死,却只是心中领会,从来未曾当面说出。"

面对最亲的人,最重要的话,总是无法张口。多少甜言蜜语,原是说给不相干的人听的。

宝玉说不出来,"又想一想自己的心实在的是为好,因而转急为悲,早已滚下泪来"。可是黛玉明白,"起先原恼宝玉说话不论轻重,今见如此光景,心有所感,本来素习爱哭,此时亦不免无言对泣"。

相看泪眼,彼此无言。

直到紫鹃端茶过来,才继续说话。

(三)

其实,宝玉在黛玉面前是很轻松自在的。她的东西,他敢去动。宝玉"只见砚台底下微露一纸角,不禁伸手拿起"。黛玉忙要起身来夺,已被宝玉揣在怀内,笑央道:"好妹妹,赏我看看罢!"黛玉道:"不管什么,来了就混翻。"

这时,薛宝钗来了。她笑着问:"宝兄弟要看什么?"

这时,黛玉对宝钗还是很认真地回答:"我曾见古史中有才色的女子,终身遭际,令人可欣、可羡、可悲、可叹者甚多。今日饭后无事,因欲择出数人,胡乱凑成几首诗,以寄感慨……其实给他看也到没有什么,只嫌他是不是写了给人看去。"

宝玉和黛玉之间,是一对知音的世界。黛玉说得很明白,自己的诗宝玉看了可以,只不想再给其他人看。自己的精神世界,其他人看了,会误读、歪读,如果那样,还不如不读。

宝钗显然完全不明白两人的意思，她侃侃而谈："林妹妹这虑的也是。你既写在扇子上，偶然忘记了，拿在书房里去，被相公们看见了，岂有不问是谁作的呢？倘或传扬开去，反为不美。自古道，女子无才便是德，总以贞静为主，女红次之，其余诗词之类，不过闺中游戏，原可以会，可以不会。咱们这样的人家的姑娘，到不要这些才华的名誉。"

这番"正确无比"的话，推心置腹，鸡同鸭讲。

"道德正确"的标准捏在手里，宝钗特别自信，甚至有些自作多情。她笑着对黛玉说："拿出来给我看看无妨。只不叫宝兄弟拿出去就是了。"

黛玉那一刻极其无语。她拒绝得很干脆，笑着说："既如此说，连你也可以不必看了。"

但是，宝钗还是看了。她同宝玉一起看过后，不但完全不懂黛玉在诗中寄寓的意义，还顺势发挥，得意扬扬地分享了一番自己作诗的"技巧心得"："作诗不论何题，只要善翻古人之意。若要随人脚踪走去，纵使字句精工，已落第二义，究竟算不得好诗。……今日林妹妹这五首诗，亦可谓命意新奇，别开生面了。"

夸都夸不到点子上。

对于宝钗来说，作诗是件可有可无，甚至是"有损德行"的事情。就算是作，也不必认真对待，掌握技巧，显示才华即可。不必非要有真情实感，甚至不必有自我价值判断：为写诗而写诗，为炫技而炫技，为创新而创新。

黛玉和宝玉，简直不知道该说什么好。幸好，宝钗还要往下说的时候，有人来报告，贾琏办事回来了，大家都要去迎接。这才结束了这场尴尬的聊天。一下子，大家轻松无比。

(四)

我想，那天，黛玉和宝玉肯定暗中交换了好多个哭笑不得的眼神。

如果宝钗没来，他们两人，对着"五美吟"，一定会有一番极其精彩的对谈吧。

可是曹公偏偏安排宝钗过来打断他们。因为宝黛之间，是充满了诗意的灵魂之爱，而对于灵魂层面上的东西来说，言多无益。

正是因为"没有说""没法说"，宝黛之间的关系，才会那么亲密、丰富、深邃、迷人。只因他们懂。

人之交，贵共情。懂的人之间，有一个心灵沟通、能量交换的场。对于场内的人来说，对坐，一个眼神、一个笑容，都是春风，是源泉，是享受，是滋养。他们之间的相处，自然舒畅，不必多言。

薛宝钗从来都没有进入过贾宝玉和林黛玉的世界，无论他们三人的关系看上去有多么"亲热厚密"，在那两个人面前，她永远是个外人。

外人的闯入只能让场内的人尴尬无比、心累无语。

如鱼饮水,冷暖自知。这其中的亲密和幸福、疲惫与无奈,只有自己明白。

来了，就是全部

（一）

南方，最常见的天气就是阴雨连绵，又湿又冷。特别是深夜里，雨声阵阵，听得人惆怅万千，总想到那个秋雨霖霖的夜晚。

那个夜晚，属于林黛玉和贾宝玉。

黛玉每岁至春分秋分之后，必犯嗽疾。那年秋天，似乎更厉害些。她本来就是个敏感多心的人，病中的她更是情绪不定，喜怨无常。"有时闷了，又盼个姊妹来，说些闲话，排遣排遣。及至宝钗等来望候他，说不得三五句话，又厌烦了。"

有天下午，宝钗来看她，跟她说了一番关心体贴的话，还主动提出，给她送滋补的燕窝过来。一直不怎么服气宝钗的黛玉，竟被大大地感动了，她叹道："你素日待人固然是极好的，然我最是个多心的人，只当你心里藏奸。……往日竟是我错了，实在误到如今。……怨不得云丫头说你好，我往日见他赞你，我还不受用，昨儿我亲自经过，才知道了。……若不是从前日看出你来，今日这话再不对你说。"

那一刻，宝钗也很真诚："……你放心，我在这里一日，我与你消遣一日，你有什么委屈烦难，只管告诉我，我能解得，自然替你解一日。"

贴心的话，是一剂良药。那天，病中的黛玉攒了一肚子的话想要跟宝钗说，她是真的想跟人说说贴心的话。

所以下午宝钗走之前，黛玉约她晚上再过来："晚上过来和你说句话儿。"

宝钗答应了。可是，傍晚时分，下雨了，她没有来。

黛玉一直在等待宝钗。不，是期待。她在一心一意地盼。可是，没有等到要等的人。

这里黛玉嗑了两口稀粥，仍歪在床上。不想日未落时天就变了，淅淅沥沥下起雨来。秋霖霖霖，阴晴不定，那天渐渐的黄昏，且阴的沉重，兼着那雨滴竹稍，更觉凄凉。知宝钗不能来，便在灯下随便拿了一本书，却是乐府杂稿，有秋闺怨、别离恨等词。（第四十五回）

黛玉当时的心情，跟外面的天气一样，是湿凉的。

敏感的她，病中的她，那份孤独、失落，无处排解。

诉诸笔端。于是，她听着雨声，写下了那首《秋窗风雨夕》。

秋花惨淡秋草黄，耿耿秋灯秋夜长。
已觉秋窗秋不尽，那堪风雨助秋凉。

……

写完，她原以为，这个冷雨霖霖的漫长秋夜，就这么过去了。

（二）

临到睡前，宝玉来了。

这个晚上，才明亮起来。

只见宝玉头上戴着大箬笠，身上披着蓑衣。黛玉一看到他就不觉笑了，说："哪里来的渔翁！"宝玉忙问："今儿好了？吃了药没有？今儿一日吃了多少饭？"一面说着，一面摘笠脱蓑，忙一手举起灯来，一手遮着灯光，向黛玉脸上照了一照，觑着眼细瞧了一瞧，笑道："今儿气色好了！"

这一幕极其细腻动人。一个人，深夜冒雨跑来，来不及脱下湿淋淋的蓑衣，就"忙"举灯细看你脸上的气色——他想把灯凑近看得清楚些，又怕灯光太亮晃了你的眼，所以，细心地"一手遮着灯光"，"觑着眼细瞧了瞧"，看到你的气色好些了，才把一路上提在心口上的一口气松了下来，脸上这才有了笑！

谁知道，刚才，他是怎么急慌慌、心悬悬地，冒着冷雨，一路跑来的！

他不会告诉你。

他就是来看你的，不是来表现的。

他没有别的理由。看到你好，他才安心。

从看到宝玉的那一刻起，黛玉的情绪明显变得又亮又暖。

宝玉深夜冒雨过来，跟她说了什么吗？没，他们说的，都是稀松平常的家常闲话。没有一句"要紧的"，更没有一个字谈及情感。

夜深了，黛玉道："我也好了些，多谢你一天来几次瞧我，下雨还来，这会子夜深了，我也要歇着，你且请回去，明日再来。"

宝玉忙说"又扰的你劳了半日神"，说着，披蓑戴笠出去了。突然想起了什么来，又回身进来问："你想什么吃，你告诉我，我明儿一早回老太太，岂不比老婆子们说的明白！"黛玉笑道："等我夜里想起来，明儿早起告诉你。你听，雨越发紧了，快去罢。"

说了什么，并不重要。重要的是，关于黛玉那晚的表情，曹公重复了一个词："笑道"。

从看到宝玉，到见到送燕窝的婆子，黛玉全程都在笑。

那个笑，是藏不住的。那是发自内心的温暖和明亮。

黛玉笑着，对宝玉温柔而体贴："这个天点灯笼！""跌了灯值钱，跌了人值钱？你又穿不惯木屐子……"

黛玉笑着，对赌钱的老婆子也宽容体恤："我也知道你们忙，如今天又凉快，夜又长了，越发该会个夜局，痛赌两场了。""难为你，误了你发财，冒雨送来。"命人给婆子几百钱，打些酒吃避雨气。

那晚后半段的黛玉，通达温柔，可爱无比。

因为，那晚，宝玉冒着冷雨，特意来看她。

（三）

曾经看到过一句话，很有同感："朋友圈把多少朋友变成了网友。千万次的赞，比不上跑去见他一面。"——可滑稽的是，这句话，还是在朋友圈里看到的。

想一想，还有没有人特意地、没有任何实际目的地，来看过你呢？成年人的世界里，每个人都很忙。有一天，他匆匆跑来，没什么"正经事情"，也没带什么像样的贵重的礼物，他也许还紧张小心，生怕自己的贸然跑来会打扰你麻烦你，他也许会语无伦次、废话连篇，毕竟，最想说的话却总是那么难以启齿……可是，很久以后，时间会把这些不完美都过滤掉，你会发现，最真最重要的是，他来了。

我想，黛玉一定会在很多时候，一遍遍地重温那个雨夜吧。

来了，就是全部。

第二辑 高情已逐晓云空

高情已逐晓云空：我看薛宝钗

《红楼梦》中最有争议的人物，是薛宝钗。

喜欢薛宝钗的人，说她是个三百六十度无死角的完美人物，"娶妻当如薛宝钗"。讨厌她的人，说她是冷漠虚伪、老奸巨猾的典型形象，说她是"封建礼教"枷锁的化身。更有甚者，说她是为了争夺"宝二奶奶"的位置，逼死林黛玉的凶手。

不能完全用外在的结局来评价甚至臆测一个人。每个人都有身处的环境，造就结局的因素有很多。对于一个人，我们还是要"听其言观其行"。

（一）

寄生草：理解薛宝钗的一把钥匙

薛宝钗，出身于大皇商家庭，"丰年好大雪，珍珠如土金如铁"，说的就是她家。她本人德、才、貌兼备。"生得肌骨莹润，举止娴雅"。"唇不点而红，眉不画而翠，脸若银盆，眼如水杏。罕言寡语，人谓藏愚；安分随时，自云守拙。""珍重芳姿""不语婷婷"，这是一个端庄的淑女形象。

曹雪芹在《红楼梦》的开篇就说，这是一部"悟"书。书中，最先"悟"的人、第一次启发宝玉"悟禅机"的人，便是薛宝钗。

宝钗生日那天，贾母给她做东，让她点戏。她点了《鲁智深醉闹五台山》。贾宝玉说她"只好点这些热闹戏"迎合老太太的喜欢的时候，她说："你白听了这几年戏，那里知道这出戏的好处"，"只那词藻中有一枝'寄生草'，填的极妙，你何曾知道？"宝钗这句话的口吻，有没有让你想起那句"都云作者痴，谁解其中味"？

那支"寄生草"的唱词是这样的：

漫揾英雄泪，相离处士家。谢慈悲，剃度在莲台下。没缘法，转眼分离乍。赤条条，来去无牵挂。那里讨，烟蓑雨笠卷单行。一任俺，芒鞋破钵随缘化。（第二十二回）

"宝玉听了，喜的拍膝画圈，称赏不绝，又赞宝钗无书不知。"黛玉都有醋意了。

谁能解，宝钗在"寄生草"里品到的滋味？

"没缘法，转眼分离乍""赤条条，来去无牵挂""一任俺，芒鞋破钵随缘化"。这样的词藻，在宝钗心中有深刻的共鸣——生命偶然，人生孤苦，风雨兼程，聚散随缘，不挂不牵——这是宝钗对生命的认识，也是她对人生的态度的流露。

对于人生，宝钗早就参悟了。所以，在黛玉为宝玉的偈帖续上"无立足境，是方干净"的时候，宝钗说："实在这方彻悟。"——对于"桶底脱落"的境界，宝钗明白。只是，她知道，自己不能"赤条条，来去无牵挂"。

因为还要考虑他人。还有母亲，还有家族。

一方面，看透人生；另一方面，要替不成器的兄长负责家庭生意事务，为母亲分忧解劳。宝钗内心所承受的，远比表现出来的要多得多。她做的灯谜诗，直接表达出了她内心的痛苦和随缘守己的选择：

焦首朝朝还暮暮，煎心日日复年年。
光阴荏苒须当惜，风雨阴晴任变迁。（第二十二回）

这首诗，贾政看后，觉得"小小之人作此词句，更觉不祥，皆非永远福寿之辈"。但福寿并不是薛宝钗的追求。

这个时候，宝钗十五岁。

少女薛宝钗也淘气过。她对林黛玉说："你当我是谁，我也是个淘气的，从小七八岁上也勾个人缠的。"

她也被偏爱过、骄傲过。"当日有他父亲在日，酷爱此女，令其读书识字，较之乃兄，竟高过十倍。"这样的资质和成长经历，薛宝钗曾经对自己的人生踌躇满志。

父亲在世和死后，薛宝钗过的是完全不同的两种人生。从父亲撒手人寰起，宝钗，成熟了。她比同龄姑娘们都知道钱的好处，更看到过钱财如流水，来去都很快；家业兴隆时，她看到过各种逢迎的笑脸；父亲去世后，她看到过各种围着傻哥哥打主意的嘴脸——那些哄着"薛大傻子"把家底折腾殆尽的人，大都是曾经对父亲毕恭毕敬屈膝讨好的人。原来，为了个人利益，人心和人脸可以变换得这么快。

薛宝钗看透了人心和人性。

入宫待选，在清代，是一件很重大的事情。待选的姑娘要从小接受训练，在各个方面做充分的准备。所以，落选，对任何一个参选的女孩来说，可能都是长久以来追求的破灭，是个巨大的打击。更何况，是薛宝钗。

得知落选的时候，宝钗也曾在长夜里哭红过双眼吧？特别是，来到贾府之后，看到元春封妃给贾家带来的恩宠与荣耀，她的心中是何等滋味呢？省亲当晚，站在人群中看着端坐在上方的贵妃娘娘，她对贾宝玉说："谁是你姐姐？那上头穿黄袍的才是你姐姐，你又认我这姐姐来了。"——这句话，包含着多少失落和辛酸呢？后来，宝玉开玩笑说她是"杨妃"的时候，她大怒，我想，她生气不仅仅是因为宝玉说她胖，而是刺中了心中一直掩盖着的那份失落和痛苦吧。

在失落和痛苦中，薛宝钗放下了个人对功名利禄的追求。

曹公在第一回中说《红楼梦》的哲学主旨是：因空见色，由色生情，传情入色，自色悟空。

薛宝钗是全书中最早"悟空"的人。她早就看透了。

《心经》上说："以无所得故，菩提萨埵，依般若波罗蜜多故，心无挂碍。无挂碍故，无有恐怖。远离颠倒梦想，究竟涅槃。"比起黛玉的"痴"、湘云的"憨"和宝玉的"愚"，少女薛宝钗早早地看破红尘，看透人生。

年纪轻轻，宝钗心中已是四大皆空了。可是，她还必须好好地活在现世。在现世生活，就要直面现实。众生皆苦而不得解脱。"悟空"了的她,用平静而悲悯的目光,看着所有人,所有生命。

薛宝钗是全书中最有佛性的人。

(二)
"山中高士晶莹雪":高人薛宝钗

皇商家庭出身的薛宝钗,早早学会的,是洞察世事人心。而经历过父亲去世、家财流散之后,她对"天下熙熙,皆为利来;天下攘攘,皆为利往"这句话有了比其他人更为深刻的体会。

所以,对人对事,她都是个高手。

菊花诗会,起头的是史湘云,实际安排完全是薛宝钗。第三十七回中,宝钗论如何组织诗会的那番话,简直是教科书级别的。

湘云灯下计议如何设东拟题,宝钗听她说了半日,皆不妥当,因向她说道:"既开社,便要做东,虽然是个顽意儿,也要瞻前顾后,又要自己便宜,又要不得罪了人,然后方大家有趣。"

这时,脑子正热的史湘云才想起来,自己根本没有做东请客的钱。

宝钗道:"这个我已经有了主意。"一番安排后,湘云听了,"自是感服,极赞想的周到"。

这个时候，细心的宝钗还要对湘云说："我是一片真心为你的话，你千万别多心，想我小看了你。"

在确定诗题的时候，宝钗发挥她大家闺秀的见识："诗题也不要过于新巧了。……若题过于新巧，韵过于险，再不得有好诗，终是小家子气。诗固然怕说熟话，然而更不可过于求生，只要头一件立意清新，自然措词就不俗了。"

在她的主张和协助下，她们定下了"一个虚字，一个实字"，"赋景咏物两关着，又新鲜，又大方"的菊花诗题目。

在限韵的时候，我们依然可以看到宝钗的随和与大气："我平生最不喜限韵，分明有好诗，何苦为韵所缚。咱们别学那小家子派，只出题不拘韵。原为大家偶得了好句取乐，并不为奈那难人。"

第二天，大观园里，从老太太到各姑娘以及丫鬟们，吃蟹赏桂，其乐融融。之后的菊花诗会上，会作诗的大展其才，发挥尽兴；不会作诗的也随意自在。这不能不让人服气宝钗的组织才干与心思周全。

尽管宝钗在尽量"藏愚守拙"，可她面对难题时的胸有成竹、自信稳重，处处体现。

比如，老太太让惜春画大观园，惜春非常为难。

宝钗说："你不该早说？这些东西我却还有……今儿替你开个单子，照着单子和老太太要去。你们也未必知道的全，我说着，宝兄弟写。"

"我就说你不中用……我教你一个法子""我说你是无事

忙，说了一声，你就问去，也等着商议定了再去"。

跟探春商议改革思路如何推行落实的时候，宝钗表现出了世事洞明的管理高才。她笑道："幸于始者怠于终，缮其辞者嗜其利。"如果说，探春提出的，只是出于家庭经济危机的"开源节流计划"，是为了解决管理者的难题，那么宝钗看到的，是全局中所有人的实际诉求——只有解决了办事的人的个人利益诉求，改革举措才能执行下去。她告诉探春："虽是兴利节用为纲，然亦不可太啬。"于是她提出了让所有人都欢喜积极的"小惠全大体"分配方案，其平衡周全，其细致可行，让众人心悦诚服，欢声鼎沸。

大到管理，小到画画，大观园生活中，简直没有宝钗姑娘解决不了的问题。

思路清晰、思维缜密、可行性强、考虑周全，她简直是个提供问题解决方案的专家。什么难题到了宝钗这里，她提供的，几乎都是终极方案。

就算不完美，可是思前想后，却没有更好的，因为没人有比薛宝钗更高的心智。

（三）
"任是无情也动人"：薛宝钗真的很冷吗？

在宝玉的生日聚会上，曹公安排宝钗首先抽了一支签——"艳冠群芳"的牡丹花。题签是"任是无情也动人"。

"无情",似乎是薛宝钗的代名词。

关于薛宝钗,有句著名的评论"事不关己不张口,一问摇头三不知"——出自王熙凤之口。这一次,王熙凤真的说错了,有太多事情来证明薛宝钗对"不关己"的事情相当热情。

她帮史湘云操办螃蟹宴和菊花诗会。

她察言观色后,悄悄提醒袭人,让她别再去给史湘云增加负担。

她主动帮助贫寒的邢岫烟。

她找机会成全香菱住进大观园的愿望。虽然,宝钗不支持香菱学诗。对学诗到了发痴状态的香菱,宝钗"又是可叹,又是可笑"。她口口声声说"都是颦儿引得她"。是啊,林黛玉看到的,是香菱对于作诗这件事的爱好与痴迷,可是薛宝钗,她看到的是香菱的现实人生和命运。作为薛蟠的侍妾,学作诗,能给香菱带来什么实际好处呢?"迷了心性"的香菱,只会在自己的现实生活中更加痛苦,所以她不鼓励,可是也并没有阻挠。

她"教育"看"杂书"的林黛玉。如果她真想针对黛玉,她完全可以当场当众指出的,可是她选择了私下里单独提醒。这份提醒,在那个环境中,对于林黛玉,何尝不是一种保护。

黛玉生病,来看望她的,除了来得最多的宝玉,就是宝钗。这其实并不容易:一方面,黛玉盼着有人来陪她说话、排遣郁闷;另一方面,"及至宝钗等来望候他,说不得三五句话，又厌烦了"。如果不是出于真关心，宝钗实在没必要一趟趟地来。

她真的感动了林黛玉。让黛玉亲口对她说："你素日待人固然是极好的，然我最是个多心的人，只当你心里藏奸。……往日竟是我错了，实在误到如今。……怨不得云丫头说你好，我往日见他赞你，我还不受用，昨儿我亲自经过，才知道了。……若不是从前日看出你来，今日这话再不对你说。"

在这里，宝钗对黛玉的好，不是给别人看的："你也是个明白人，何必作司马牛之叹！……多一事不如省一事。……与你送几两来，每日叫丫头们就熬了，又便意，又不惊师动众的。"（第四十五回）

你看，宝钗对很多与自己不相干的事情都主动伸手了，参与了。只不过，她是个高手，她能做到轻轻插手，再恰如其分地轻轻抽离。"皑皑轻趁步"，她做事不着痕迹。我想，有时候，她会在心中暗笑那些重重出手不着关节一通乱打的"笨伯"吧。

薛宝钗在王熙凤面前的"摇头三不知"，是因为凤姐是荣国府的管理执行者、实际当家人。在这个角色面前，宝钗知道，自己最好是闭口，避免任何分歧和是非。

薛宝钗并不冷漠无情，她只是，心智太成熟，成熟到戒掉了外在的情绪流露。

她是个对所有人都怀着悲悯之心的高人，她不愿意看到争斗、折腾和为难。

于是她处处周济、伸手帮忙、事事周全。可是，她不动情。她知道，动情，就会有伤，不管是伤己，还是伤人，她都不愿看到。这些"无谓"的伤害，她太明白，能避免就避免。对人，能护就护，不能改变的局面和结果，尽早理智处理，及时止损。

很多人觉得薛宝钗的"不动情"是虚伪和冷酷。我们换个角度看，难道，薛宝钗为了周全、为了他人的努力，不值得敬重吗？难道遇事的时候，非要哭在一起、伤在一处，甚至同归于尽，才算真诚待人吗？

薛宝钗不要这样。她是高人，她有着别人不及的心智和理性。

"淡极始知花更艳"。"通人"（探春语）薛宝钗，对一切都淡然处之。她看得到所有人的诉求，她看得到家族命运的实际走向。不管对小姐姑娘还是丫鬟婆子，她也曾怜悯地为人打算过。她能用理性护着自己，也护着他人。可是，她也很无奈，自己的力量终究有限。没办法的，有损大局的，只能随他去。

深深喜欢林黛玉的不仅有宝玉和贾母，也有薛宝钗。"颦儿"这个称呼，来自贾宝玉，可叫得最多的，是宝钗。称呼，是很能表现内心态度的。

宝钗不刻板，懂幽默。黛玉的玩笑，众姑娘中只有她能欣赏："有趣，最妙落后一句是慢慢的画……所以昨日那些笑话儿虽然可笑，回想是没味的。你们细想颦儿这句话虽是淡

淡的，回想却有滋味……"（第四十二回）

薛宝钗觊觎"宝二奶奶"的地位和富贵吗？不，她见过钱财，而她的个人生活，简朴至极。她还跟探春、李纨一道当过贾府的家，贾家人不敷出的经济状况，她很清楚。

更何况，对贾宝玉，她又何曾看上眼过！"无事忙""富贵闲人"，这些带着轻蔑态度的称号，都出自薛宝钗之口。

她在柳絮词里写道："万缕千丝终不改，任他随聚随分。韶华休笑本无根，好风频借力，送我上青云。"（第七十回）

从"随缘化"，到"随聚随分"，她并没有刻意觊觎什么，图谋什么，她是个随时随势的高人。

她每每出手，各方周全，细致筹划，是为自己图了什么呢？有人说她"心里藏奸"，可是，她又害了谁呢？四大家族穷途末路，大观园里诸芳流散，哪一个，是薛宝钗害的呢？

当抄检大观园来临的时候，宝钗第二天就立刻搬走了，再也没有回来。大观园里姑娘们悉数流散凋零，只有薛宝钗，她是主动走的——因为她太明白、太透彻，她能把握住主动权。

（四）
"拿学问提着的人生"：薛宝钗的才学

在大观园里，薛宝钗的学问是人人皆知的好。她饱读诗书，处处可见她深厚广博的学养。她在作诗、绘画、养生方面都有不俗的见解，懂参禅，甚至能看药方。宝玉说她"无书不知"，连夏金桂都说"人人都说姑娘通"，香菱说"我们姑娘的学问连我们姨老爷时常还夸呢"。贾政可是个最看重读书和学问的人啊！

如果说，林黛玉是大观园的首席诗人，那么，薛宝钗则是首席学人。

薛宝钗学问的境界，跟一般人不在一个层次上。

关于为什么而读书，宝钗说："男人们读书明理，辅国治民，这便好了。只是能有几个这样？读了书到更坏了。这是读书误了他，可惜他到把书遭塌了。"（第四十二回）

"读书明理，辅国治民"——这才是她的理解和志向。

她跟探春的一番"学问对话"里，有明确的表现。

对探春的改革思路，宝钗道：

"真真膏粱纨袴之谈，你们虽是千金小姐，原不知这事，但你们都念过书，识字的，竟没看见朱夫子有一篇不自弃之文不成？"探春笑道："虽也看过，那不过是勉人自励，虚比浮词，那里都真有的？"宝钗道："朱子都有虚比浮词？那句句都是有的。你才办了两天的时事，就利欲薰心，把朱夫子都看虚了？你再出去见了那些利弊大事，越发把孔子也看虚了。"……"天下没有不可用的东西，既可用，便值钱，难为你是个聪敏人，这些正事上竟没经历过。如今可惜迟了些。"……"学问中便是正事，此刻于小事上用学问一提，那小事越发作高一层了。不拿学问提着，便都流入市俗去了。"

(第五十六回)

对于很多人来说,孔子、朱子的理论,只是读来应对科考、用来求官的,实际做法跟在书里读的,是两回事。可对于宝钗来说,"学问"是"正事",是时时事事提点着自己言行的修身律条。圣人之书,儒家学问,薛宝钗不仅认认真真读入了心,还将之融入到了自己的言行——知行合一。她把学问融入了人格,她时刻用学问来比对和提点自己的生活,将之落实,所以她说"那句句都是有的"。那些修身律己为天下的"理",跟"官迷禄蠹"之流用之往上爬的"仕途经济学问",完全不是一回事。

对为君为国为正义为天下的"学问正事"的态度,是完全不同的两类人的根本分野。

有圣人学问提着,薛宝钗不会做出违反自己底线的事情。而把学问当外衣和跳板的人,如贾雨村之流,为了自己的利益,是没有底线的。他能为一己之利弯下多深的腰,一转脸,也能为同样的利益使出多卑鄙下作的手段。

薛宝钗是个有志向和追求的人,她明的是"理",守的是"礼"。她端端正正持着的,是以孔子、朱子为代表的中国儒家修身自律济天下的道德理想,是一个美好的政治社会的道德基础,是理想和正义,是成全他人实现自我的人格修养,而不是"封建礼教"。

封建礼教,她说了,自己也不信。

从这个意义上讲,我觉得,复杂的薛宝钗其实是个很纯粹的人。

所以,薛宝钗在很多场合的表现,是可以预测的,因为她只做"正确的事情"。

哪怕是在自己的生日宴会上,她也不会依着自己的性子和爱好去点菜点戏,因为她知道,必须敬长。

元春省亲当晚,宝钗认为那不是一个展示自己才华的机会,因为她知道,那晚的主角只能有一个,就是贵妃娘娘。所以,黛玉想的是"今夜大展其才,要压倒群芳",而宝钗想的是,这样的场合上,不能有任何让贵妃不痛快的事情发生。

金钏儿蒙羞跳井后,宝钗做的第一件事,是去宽慰王夫人。她甚至把自己的两套新衣服送作死者装裹,她说自己"从来不计较这些"。她不会让王夫人有什么为难和压力,更不可能当面指责王夫人这个"间接凶手"。

林黛玉死后,面对家长们对自己跟宝玉的婚姻安排,宝钗也不会拒绝反抗,尽管她很清楚,婚后等待着自己的,是什么样的生活。

这是薛宝钗的境界,也是她的悲哀。

(五)
薛宝钗的志向和心怀

物质富贵,从来都不是薛宝钗的追求。生活中,她的朴素让人惊讶。大观园里她住的蘅芜苑,"进了房屋,雪洞一般，一色玩器全无，案上只一个土定瓶中供着数枝菊花，并两部书、茶奁茶杯而已。床上只吊着青纱帐幔，衾褥也十分朴素"。她居家的衣服，"一色半新不旧，看来不觉奢华"。

如果说，衣服房间的朴素还有"作秀"的嫌疑，那么，宝钗对物质富贵的态度，同样体现在对邢岫烟上。她欣赏岫烟，是因为她"荆钗布裙"，而且真诚坦荡，"不是那种佯羞诈愧一味轻薄造作之辈"。

一个人所欣赏的，是能反映他真实内心的镜子。薛宝钗其实也是这样的人。

我们不要用物质和婚姻这些标准来衡量薛宝钗。这样会低估宝钗姑娘的志向和心怀。她其实是儒家社会中个人追求的完美化身。

现世安稳。所有人的诉求都能有去处，得其所。——这才是薛宝钗的追求。

这也是宝钗从来都没有看上贾宝玉的原因：因为他没现世追求，于己于人他都没有。没有现世感，贾宝玉对人的关怀也好、怜悯也罢，都是无用的，解决不了现实问题。

当探春说出自己的大观园管理改革思路时，宝钗听完便点头笑道："善哉！三年之内无饥馑矣。"这句话，是多么典型的儒家理想啊。

在说完大观园改革方案后，宝钗继续跟各位管事人说："这么一所大花园，都是你们看管，皆因看得你是三四代的老妈妈，最是循规蹈矩的，原该大家齐心，顾些体面……所以我如今替你们想出这个额外的进益来，也为大家齐心，把这园子周全的谨谨慎慎……既能夺他们之权，生你们之利，岂不能无易之治，分他们之忧？"（第五十六回）

大家齐心，井井有条。为上分忧，为民生利。这是多么积极进取的精神啊。

为君为国为上为民，并不看重自身的荣华富贵，而要在这"为天下为他人"的进取过程中实现自己的道德理想。这才是薛宝钗。

儒家济天下的现世情怀和进取精神，与佛家不着一物的悟空境界，都在宝钗身上完美体现。

很多人拿林黛玉跟薛宝钗比。

林黛玉执着于对个人生命体验的极致探索，薛宝钗志在现世中实现个人力量的最大限度的发挥。一个朝内，在有着无限深度的灵魂中漫游；一个朝外，在风风雨雨的世事历练中延伸。她们没有可比性。

（六）

"高情巨眼"能是谁？

薛宝钗吃一种专为她配的药：冷香丸。端方稳重的薛宝钗，也有过一次"过热"的情感流露。那是宝玉遭父亲一顿毒打后，望着被打得遍体鳞伤的宝玉，她也心疼："早听人一句话，也不至今日。别说老太太、太太心疼，便是我们看着心里也……"刚说了半句,又忙嚇住,自悔说得急速了,不觉红了脸,不往下说,垂下头了。这句话"亲切稠密,竟大有深意",而那一刻的宝钗,却是"姣羞怯怯,非可形容得出者"。

只有这半句。不能再说了。

"高情巨眼",看透一切事、悲悯所有人的薛宝钗,是正在写书的曹雪芹的一双眼睛。这双眼睛,不能热,不能红。一旦克制不住,就要用"冷香丸"镇压。而冷香丸的配料,是牡丹、荷花、芙蓉、梅花的花蕊,它们是端庄、纯洁、清高和坚贞。书中,冷香丸是用来镇压薛宝钗"胎里带来的一股热毒"的;书外,它们是用来克制作者曹雪芹对书中人物的怜与爱的。他必须克制。

曹雪芹太悲观。大悲观。

曹雪芹悲观的,不是为某个人的命运遭际,也不是为哪个阶层的富贵与统制,而是为生命这不得不面对却永远无法逃离的现世。这是每一个人的生命,偶然来到时,都要面对的遭遇。只不过,有人看到了,有人没看到,或者说,装作没看到。

我想,在曹公的哲学概念里,黛玉、宝钗、宝玉三个人的关系是这样的:宝玉是现世的肉身,而黛玉和宝钗是精神发展的两个方面,对于"出世"的自我生命的极致追求,和生活中"入世"的"现实理想"。这三个形象,都体现在曹雪芹身上。黛玉是他在现实中破灭的梦,宝钗是他对"现世完美"的追求,而宝玉,是在对着两个精神形象的追逐中,一步步走向了悟、走向"赤条条,来去无牵挂"的人的肉身。

三个形象中,只有薛宝钗,始终是清醒的。

曹雪芹在开篇就说,这是一本"悟"书。鲁迅先生说:《红楼梦》"悲凉之雾,遍被华林,呼吸领会者,唯宝玉而已"。不,比宝玉更早领会的,是薛宝钗。

字字看来皆是血,十年辛苦不寻常。曹雪芹用自己的全部生命写就了《红楼梦》,而薛宝钗,是以理想的形象闪身入书的曹雪芹。

人格集儒释道为一体的苏东坡曾写过一首词《西江月》,用以怀念他心中的完美女性、爱妾、知己朝云。不知道,几百年后的曹雪芹,在写书中薛宝钗的时候,会不会也有相同的感受。

玉骨那愁瘴雾,冰姿自有仙风。海仙时遣探芳丛。倒挂绿毛么凤。

素面常嫌粉浣,洗妆不褪唇红。高情已逐晓云空。不与梨花同梦。

生前心已碎,死后性空灵:叹王熙凤

(一)

跟很多朋友说过红楼,曾有不少人告诉我,讨厌王熙凤,讨厌她贪财刻薄、心狠手辣。

对我来说,从小读红楼到现在,对王熙凤这个人物的感情,太复杂,太难说,但我从来都没有讨厌过她。说起王熙凤,只有一声长长的叹息。

王熙凤,让人惊叹。她在全书中的出场,是在林黛玉的眼里:"彩绣辉煌,恍如神妃仙子!"曹公对这个人物是多么偏爱啊,天地间所有的精英灵秀之气都集于她一身!物华天宝,人杰地灵,出身于金陵显赫的贵族王家,嫁入贾家两年,不到二十岁的年龄,她已经表现出极其不凡的精明强干,心智和口才让全家上下叹服。在"有作为大本领"的冷子兴口中,她"模样又极标致,言谈又爽利,心机又极深细,竟是男人万不及一的"。在周瑞家的口中,"少说些有一万个心眼子。再要赌口齿,十个会说话的男人也说他不过"。贾母疼爱,王夫人倚重,丈夫贾琏被比得退了一射之地。她是理家一把好手，办事一个奇才。秦可卿去世，东府无人能顶起这件非同小可的丧事大礼，她料理得井井有条，办得漂漂亮亮。她的才干风度，让人折服。在人人严阵以待的重大场合，她从容自信，大事小事一人周全应承，而且"举止舒徐，言语慷慨，珍贵宽大"。

这是一个何等出类拔萃的人尖精英啊，万里挑一都难得挑出这样一个人物！

（二）

王熙凤，她可爱，让人爱，让人笑。大小家庭聚会上，有了她才会笑声不断，才会热闹欢乐。她诙谐，她幽默，她一开始说笑话丫头婆子都赶快凑过来听，她随便一个即兴效戏彩斑衣就把专业说书的人比得灰头土脸。她联合鸳鸯拿刘姥姥取笑，在大观园里上演了最欢乐的一幕！《红楼梦》里如果没有凤姐的风趣和笑话，该有多么冷清，多么无趣！

王熙凤，她原本善良正直。她会善待和接济来"打秋风"的乡野老妇刘姥姥；她照顾寄人篱下的穷家姑娘邢岫烟；她无比厌恶猥琐下流的贾环；哪怕是自己的公公贾赦想要鸳鸯做妾，她也坚决不配合；她看得出薛姨妈的意图，她并不在乎薛家是皇商，也不理会薛姨妈是她的亲姑母；她处处明确表示对林黛玉和贾宝玉之间爱情关系的支持……

王熙凤，她深具识人眼光，她是何等敏锐明智啊，她所欣赏的人，秦可卿、黛玉、探春、小红、鸳鸯、晴雯、龄官、刘姥姥……无不是红楼中最优秀、最杰出、最有灵气的人才！

王熙凤，让人叹息。凡鸟偏从末世来，宁荣两府，虽然煊煊赫赫，但已经开始走上了没落的道路，贾府的爷儿们一代不如一代，管家的重任，由年轻的王熙凤担起。这是何等的重担，上上下下，里里外外，大大小小，全靠她一颗心里盘算，一张口里调拨！家族开销巨大，入不敷出，她勉力维持，心力交瘁。来自内外不怀好意的刁难和敲诈，奴才婆子们时不时的兴风作浪，她都要面对，都要处理。无法想象，如果没有精明强干的琏二奶奶，荣国府该如何运转下去。作为"末世总理"，她是支撑着摇摇欲坠的公府大厦的那根顶梁柱——尽管无力回天，却不能放弃。

王熙凤，让人叹惋。如此精英灵秀的一颗心，在红尘俗事中，被色、相、权、利逐渐蒙蔽，直至变质。一手遮天的当家人王熙凤享受着权力的滋味，她在膨胀中失去了本心。她荣耀，她骄傲，她翻云覆雨，她威风八面；她陶醉，她迷失，她贪财刻薄，她凶狠残忍；她甚至弄剑杀人，草菅人命。她一步步为自己以后的悲惨下场埋下伏笔，她原本强大通透的心，就这样，被一层层蒙上了油污，一刀刀切成了碎片，万劫不复。她害了别人，也诛了自己。

生前心已碎。王熙凤识字不多，没有读过书；从小被当作男儿教养，什么都不怕；没有信仰，没有敬畏；人际复杂凶恶的生存环境，肩上沉重无比的管理重担，让她把自己的心灵越来越依托在钱财和权术上。对于她来说,这两样,才是生存下去的根本。她的心失去了原有的品质和本真,越来越执着于红尘色相,变得越来越无所顾忌,直到完全粉碎变质。

王熙凤没有信仰,没有救赎。

(三)

心有信仰,对人来说,意味着什么?意味着可以超越红尘俗世那层色相安放心灵,可以时时清扫肉身的心,时时在清净中生神心;意味着可以用冷静的眼睛观看体验世事;意味着可以在心的戒律中获得解脱与自由,安宁与平静。这些,后来的王熙凤,都没有了。

《金刚经》云,应如是住而降伏其心,应无所住而生其心。时时刻刻提醒自己要降伏的,是那颗容易被蒙蔽容易堕落的肉身之心;要超脱色相而生的,是觉悟心,菩提心。王熙凤临死前才明白,她机关算尽的,她死命抓着的,皆为虚妄。

王熙凤,让人悟叹。死后性空灵,她用自己垂死之命的反思和坦然,用自己肉身的心碎与死亡,给后来的人布下了警醒觉悟的施。她让人看到,多少红尘中人所执的那层色相,是怎样枉费了意悬悬半世心,好一似荡悠悠三更梦。她警醒痴迷的人心啊,一场欢喜会忽变悲辛,人世终难定。

《金刚经》上说,若菩萨心住于法而行布施,如人入暗,则无所见。若菩萨心不住法而行布施,如人有目,日光明照,见种种色。王熙凤的一生,尽管有行过善事,接济成全过别人,布过"住于法"的施,但她此生布下的最大的施,是用她的心、她的命布下的。这份深刻生动的警醒和觉悟,这份布施,功德不可限量。在这个意义上,王熙凤会不朽。

《红楼梦》的世界里佛光普照,曹公在开篇说得很明白,全在一个"悟"字。不仅有那块石头历经红尘看破出家的悟,更是无数读者被《红楼梦》佛光照耀后心中的悟,这是伟大的曹雪芹给后世无数读者布下的施。

《红楼梦》,是被多少人,当佛经读的。

站在转折点上的抉择：元宵节，听凤姐说冷笑话

（一）

第五十三、五十四回中，有着对贾府上下怎么过正月的详尽描写。过年，对于中国普通家庭，都是一年中的大事。对于贾家这样的大家族来说，更是如此。从腊月到正月，宫里的、官场中的关系要打点，各方人情要往来，家族祭祀礼仪要遵循，场面要排场，人要请到位，物资要齐备，上上下下大大小小的安排都不能有丝毫疏忽……对于当家人来说，这简直不啻每年都要来一回的战斗！元宵节是过年的结束，也是持续了将近一个月的节日气氛的高潮。第五十四回中，贾府元宵节的气氛是多么的热闹啊！——元宵节不同于除夕和初一，没有那么多的祭祀和礼仪。元宵节，属于家庭，属于团圆，更属于欢乐！

贾家的这个元宵节，是书中不多的全家团圆欢乐场面的描写。荣宁两府老少上下，团圆吃酒，席间还安排了助兴的曲艺表演，把老太太的兴致也勾起来了，即兴发挥了一个精彩的破陈腐旧套的"辨谎记"，王熙凤也即兴来了一场效戏彩

斑衣。家庭戏班的表演之后，在王熙凤的建议下，大家还玩了一场欢乐非凡的"春喜上眉梢"击鼓传梅。鼓点落时，红梅在谁手里，谁就要讲一个笑话。此时，元宵节家庭聚会的欢乐气氛已经达到了高潮。

大家都知道凤姐平日的幽默和口才，她的笑话总是比别人的应景，惹人发笑。所以，当鼓点停下，王熙凤手拿着那枝红梅，开始说笑话了。

她的第一个笑话是这样说的：

"一家子，也是过正月半，合家子赏灯吃酒，真真的热闹非常，祖婆婆、太婆婆、婆婆、媳妇、孙子媳妇、重孙子媳妇、亲孙子、侄孙子、重孙子、灰孙子、滴滴溚溚的孙子、孙女儿、侄孙女儿、外孙女儿、姨表孙女儿、姑表孙女儿，嗳哟哟，真好热闹！"（第五十四回）

这个描述，不正是元宵节此刻的场景吗？一开口就满堂彩，常常逗得大家哄堂大笑的凤姐，会借机说什么呢？——于是大家的兴致都被勾起来了，伸着脖子听。然后呢？

凤姐想了一想，笑道："底下就团团坐了一屋子，吃了一夜的酒，就散了。"众人见他正言厉色的说了，便再无别话，都怔怔的还等往下说，只觉冰冷无味。（第五十四回）

戛然而止，冰冷无味。欢乐在最高潮处突然停下来，宛若乐曲演奏，将听众的情感带到最饱满最极致的那一刻，骤然来了一个休止符——空白，意味深长的空白，幽深冰冷的空白，黑洞一样的空白。

空白过后,大家都还怔怔的,没有反应过来,凤姐的第二个笑话开始了:

"再说一个过正月半的,一个人扛着房子大的炮竹往城外头放去,引了上万的人瞧。有一个性急的人等不得,便偷着拿香火点着了。只听噗哧一声,众人哄然一笑,都散了。这抬炮烊的人抱怨卖炮烊的捍的不结实,怎么没等放就散了?"湘云道:"难道他本人没听见响?"凤姐笑道:"这本人是个聋子。"众人听说,一回想,不觉一齐失声都大笑起来,又想着先前那一个没说完的,问他:"先那一个怎么样了?也该说完了。"凤姐将桌子一拍,说道:"好罗唆,到了第二日是十六,年也完了,节也完了,我看着人忙着收东西还闹不清,那里还知道底下的事了。"众人听说,复又大笑起来。凤姐笑道:"外头已经四更了,依我说,老祖宗也乏了,咱们也该聋子放炮烊,散了罢!"(第五十四回)

此刻,房内,团团圆圆,欢乐热闹;窗外,砰砰啪啪,火树银花。以王熙凤的心智和口才,她怎么会在这样的场合,说这样两个"冰冷无味"的笑话?在这两个笑话里,她把一个词重复了四遍——"散了"。

凤姐说的是笑话吗?不,她在非常严厉地,说着非常严肃的事情。也许,她自己都没有意识到。

眼前的热闹和欢乐都不会长久,酒吃完了,人也会散去。就算是房子那么大的炮竹,也会在众人的哄然一笑之后,散了。

(二)

凤姐是治家办事的一把好手，是心智一流的脂粉英雄，作为荣国府的运营第一执行人，过年过节时热闹团圆场面背后的图景，她比任何人都更清楚。对于有些主子来说，过年过节就是频繁地吃酒听戏；对于小丫头老妈子来说，就是有机会偷偷懒玩玩牌。可对于凤姐来说，过年是跟其他人完全不同的滋味——是让她身心俱疲的应酬往来，是一笔一笔让她头皮发紧的巨大开支。年底的收成越来越难越来越少，可是，开支越来越大越来越多，好多好多的窟窿，她自己也不知道怎么补。

也许，凤姐并不是故意要在这样一个场合告诉大家她心中的紧张的，但是，长久以来，她的焦虑，她的悲观，她的预感，已经深入意识了。时刻都没有停止的忧心，会在即兴发挥中无意地流露。

欢乐热闹的时刻，凤姐的冷笑话，有人听懂了吗？有。谁？贾母。这位在贾府也当过家、拥有最高话语权的人，她不是聋子，她心里也明白。所以，那晚之后，她对正月已经意兴阑珊。这个平日最爱热闹爱享乐的人，元宵节过后，正月里的其他年酒邀请，她只接受了为数不多的"自家人"的，其他的，"凡诸亲友来请，或来赴席的，贾母一概怕拘束不会……所以到是家下人来请，贾母可以自便之处，方高兴去逛逛"。或许，在她心中，那种你来我往、亲密关联、热气腾腾的生活状态，也已经"散了"。

第五十四回是全书气氛的一个重要转折点，贾府的日子从此由盛到衰，书中人物和故事的气氛也发生了明显的变化。

第五十四回之后，黛玉和宝玉之间那种亲香可爱的斗嘴没有了，关于黛玉的文字越来越少。没有了芦雪广联句的诗意盎然，没有了白雪红梅的清新明艳，没有了刘姥姥引发大家开怀大笑的欢乐热闹。更多的，是矛盾纷纭，诸芳流散。那个元宵节之后，红楼所有的画面，都带着苍凉悲观的底色。

更让人忧心的是，正月刚过，凤姐就流产病倒了。而且因为失于调养，她的身体再也没有好起来。她怎么能安安心心地躺着养病呢，那么大一个贾府里，没有人比她的压力更大，没有人比她更为煎熬。

"一夜北风紧"，凤姐不读书，这辈子只作了这一句诗。但这一句诗，就能让人想象这位荣国府大权在握风光无限的当家夫人的艰难处境。一夜大风，众姑娘们在盼着下大雪，盼着踏雪赏梅作诗联句的时候，凤姐听到的，只有让她彻夜辗转难眠的紧逼的呼呼北风。

（三）

王熙凤并不是贾府的最高管理者。最重要的大事她没有决定权，她只是负责日常运营和维护。可是，在贾府，在整部《红楼梦》中，王熙凤有多重要，分量有多重，根本不需要再多说明。她的重要性，远远超过了贾政、贾珍、贾琏这些爷儿们，更超过了王夫人、邢夫人这些级别比她高的人。对于荣国府来说，她是运转的核心和支撑；对于贾母这样的最高领导者来说，她是不可或缺的办事人和精神丰富的"开心果"；对于家里的姑娘们，她是大姐姐一样地关爱和庇护。她的担子有多重，她的处境有多艰难，她拼命周旋、拼命搂钱有多累，她内心有多焦虑，受了多少委屈，也许，只有身边的平儿知道。别人看到的，只是她的威风八面，她的贪财爱权，她的凶狠刻薄，她的心狠手辣。

读了多年的《红楼梦》，我对王熙凤的深爱一点都没有变过。

下人们都说她刻薄毒辣，完全是这样的吗？书中有那么多的事情来说明她的心地和人品。她对大观园里的众姑娘们，是那么善良细致温柔体恤。冬天她提出在园内给姑娘们单设厨房，不让她们在冷风中走来走去；姑娘们起诗社，她大方地出钱赞助；大老爷贾赦要霸占鸳鸯，她选择了不配合；同是赵姨娘生的孩子，她对探春大加欣赏，对贾环无比厌恶。由此看出，她并不是看出身和背景下菜碟儿的人；她对处处为难自己的邢夫人的侄女儿邢岫烟，在冷眼观察，觉得这个姑娘性情人品都可欣赏之后，都能对邢岫烟关爱有加。她生病期间，探春理家实施改革，第一个拿她开刀，她得知后连叫三声"好"，毫无保留地欣赏探春，并让心腹平儿完全配合探春；她能发现出色的人才小红，她能善待贫苦的刘姥姥。王熙凤，她有善良的心地和宽广的心胸。

但王熙凤也并不超脱，弄权铁槛寺，害死尤二姐，索要好处费，拿公款在外放贷，也是她干的事情。更重要的是，贾家的日子每况愈下，王熙凤作为荣国府的运营执行人，是要负相当一部分责任的。

在我看来，王熙凤最大的失误，就是没有听取并领会梦中秦可卿临死前的警告和嘱托，没有把秦可卿那番深谋远虑的家族发展战略部署，在最容易执行的时候落到实处。或者说，她完全忘记了，根本没有实施。秦可卿的葬礼过后，全书中就再也没有任何人提起过这位思虑长远的精英人物。在梦中，秦可卿指点王熙凤，要布局长远而稳定的家庭经济来源，要提前为危机来临时的家族安排安全的退路。这些问题，王熙凤始终是装在心中的，所以当秦可卿说出来的时候，她会感到"心胸大快"。她听懂了，可她没有执行。

繁花似锦的盛日过后，危机很快就会来临。可危机不是一下子来的，它总会让人意识不到地潜伏一段时间。聪明敏感如王熙凤，关键核心如王熙凤，第一个感觉到了转折的到来。

凡鸟偏从末世来，都知爱慕此生才。在太虚幻境的簿册上，关于王熙凤，她的判词后面画着一只站在冰山上的凤凰。当冰山从上面看起来还坚固，其实下面已经开始消融漂移的时候，这只凤凰，一定是最先感受到的。

于是，她在元宵节那个全家人在场的热闹场合，用冰冷的笑话，正言厉色地把这件重大而严肃的事情说了出来——散了吧。

（四）

有段时间，"赢在起点"的说法给人制造过很多焦虑和紧张。可随着人的成长和成熟，会发现，在一个漫长的过程中，比起点重要得多的，是转折点。秦可卿死了，贾母老了，凤姐越来越无力、越来越为钱为权蒙蔽双眼，贾府没有一个能在转折点上做出抉择的人。就算有探春那样的人努力做出一点修修补补的改革，也只是如同在即将倾覆的大厦上钉几个钉子罢了。顶梁的柱子无力了、放弃了，探春也无力回天。

精明强干如王熙凤，她的奇才也在日复一日的钱权人应付周旋中被消磨。她的心智，她的胸襟，在无尽的失望中，越来越失去光彩。她没有在转折点上为贾府的经济运营做出有力有利的抉择，她说，散了吧。

在转折点上的抉择，需要有敏锐的感觉和理性的思考，需要有深刻的见识和沉静的反省，这需要有很高的哲学和历史素养——他的目光要很深刻，很长远。那些敏感的、有见识的人，能从自己的观察思考中，从连贯的细节中推测、整合出更高层面上的全局图景，并时时刻刻根据更多的信息和认识来修正、丰富和加深自己心中的图景，冷静地权衡所有的可能后，坚定地做出自己的抉择。

前提是，他心中要有远方，他时时刻刻都在为未来深谋远虑。

这样的人，他的头脑和心智可以超越当下，沉静从容地走在未来。他能够站在未来打量此刻的现实，用日后的眼光来打量现在的自己。他能够根据对现实和对未来的认识进行倒推和预演，冷静地判断未来的方向，权衡自己的决定。哪怕是在人人都在享受热闹欢乐的时候，他都能冷静地设想当最坏的事情发生时，如何最大限度地实现安全转移。他的头脑中始终运行着一幅动态的战略规划图，每一个抉择都是一个小小的转折点，每一个在外人看来的"偶然"，都是他冷静权衡后的"必然"，很多个"偶然"汇集起来，会形成一个很大的"必然"。

这就是《道德经》中老子反复说的一个关键字——势。

这样的人，很厉害。

王熙凤，不是这样的人。

一生保持性情的本真：贾母的眼光和艺术感

（一）

一部《红楼梦》，尽是薄命人。若要问谁是最享福的人？当然非老太太贾母莫属！

她是金陵世勋史侯家的小姐，是袭着荣国公官位的贾代善的夫人。她是贾赦和贾政的母亲，是贵妃元春的祖母。在贾府，她是地位最高的管理者，是权力的顶点。可我们在红楼中，看到的不是她这位拥有全府最高权力的人手持权杖、呼风唤雨的形象。正相反，全书中，她除了例行公事地出席重大仪式之外，剩下的时间几乎不是在打牌听戏逛花园开宴会赏音乐说笑话，就是以祖母的身份在处理孙辈们的吵吵闹闹。

贾府的这位高管，当得也太轻松了吧。

高管的轻松，是有条件的，那就是，她有识人之明。把合适的人放在正确的岗位上，是她轻松的前提。

我们发现，在贾母最看重的人和事上，在最重要的核心岗位上，她都是亲自安排人选，而且这些安排都是那么妥帖到位，准确明智。

负责家庭经济运营，每日处理应对具体事务的首席经理，是"裙钗一二可齐家"的奇才，精明强干的王熙凤。

贾母她自己的贴身助理鸳鸯，为人公正善良，做事落落大方，忠诚坚贞，大气高蹈，风度翩翩。鸳鸯不仅把她的日常生活安排得井井有条开开心心，还是她的首席财务官，管理着她的个人财产——这样的岗位，放眼全府，还真的非鸳鸯姑娘莫属。

黛玉进贾府的第一天，她给黛玉指派的丫鬟鹦哥，后来改名叫紫鹃的，成了林黛玉的第一贴身服侍丫鬟。紫鹃的个人品质和跟黛玉的亲密知心关系，远远超过了黛玉自己从苏州带来的人。

她给宝玉安排的服侍丫鬟袭人和晴雯，袭人死心塌地，"服侍贾母时，心中眼中只有一个贾母"，服侍宝玉时，"心中眼中又只有一个宝玉"；晴雯，是大观园中最美的丫鬟，针线手艺全府第一。而且，晴雯，一开始，是贾母打算以后给宝玉做侍妾的第一人选。

她所欣赏的人，"重孙媳中第一个得意之人"，乃是"生得袅娜纤巧，行事又温柔和平"的"极安妥的人"秦可卿。秦可卿的人品和性情、思虑和远见，在荣宁两府中是一等一的。

有了这些人事安排，贾母，她还有必要操心具体事务吗？核心岗位上这些人的品行和能力，让她只要掌握好大局的方向就好，她连听例行日常汇报都没什么必要。

贾母选人的眼光，真的高明极了，高明到了艺术境界。

（二）

她看人，并不看重一般人都重视的外在条件，她注重的是人本身的品质：人品和性情。她深深地知道，这些才是决定生活和人际关系质量的核心因素。所以，她识人的眼光，一生都没有被家世背景、功名利禄左右和蒙蔽。她始终保持着一双具有洞察力的雪亮眼睛。一个人的眼光水平，是他心中见识和格局水准的体现。在这一点上，贾母无疑有着超越所有人的"段位"。

贾母的识人之明，跟她自己的性情有关。

红楼中，身份尊贵的老太太绝对不是一个整天在锦衣玉食中安享尊福，昏昏然无聊打牌睡觉的人。正相反，她始终保持着好奇好玩的心态，始终保持着兴致勃勃的生活乐趣。你看，尽管年迈，她的户外生活，就比只知道念佛、"木头似的"儿媳妇王夫人活泼丰富得多。

大雪天，姑娘们在芦雪广烤鹿肉作诗，她也兴致勃勃地"围了大斗篷，带着灰鼠暖兜，坐着小竹轿，打着青绸油伞"，"瞒着你太太和凤丫头……来凑个趣儿"。面对美景，她毫不掩饰自己的欢喜，看着宝玉和宝琴雪中去折梅花的背影，她饶有兴趣地让大家猜像什么——仇十洲的《艳雪图》啊！

饱经世事的眼睛，阅人无数的眼睛，依然能用如此欣喜的目光欣赏身边真实生动的美！她的一生，心灵和眼睛都没有麻木呆滞，对快乐，对美感，她始终开放，始终欣赏！为什么她能具有那样的识人之明？常年公府大厦中的小姐夫人生活，宫廷内外秘密黑暗的权术，森严的官场品级尊卑，她见过多少？她亲历过多少风浪？体验过多少阴暗？上下的分别、权力的重要，她比任何人都更有体会。可是这些，都并没有让家世财力、品级尊卑、权力地位这些因素成为她衡量人的标准，她始终都没有失去深深根植于性格中的真性情和真情趣，她始终让自己的目光和心灵保持着敏感，保持着对清新活泼生动真实的人性之美的感知与接纳。在这个意义上，看似安享尊福的老太太，跟亲戚管家婆子打牌的老太太，只跟孙子孙女们玩玩乐乐的老太太，比任何人都眼明心亮。

轻松享福只是她的一方面，在心里，她也无奈，也叹息，更知道艰难。她当然知道大孙女元春在宫里"那见不得人的去处"过的是什么样的日子，可那是贾家享受荣华富贵的保证；她眼睁睁地看着二孙女迎春几乎是被父亲卖给了"中山狼"孙绍祖，对于迎春的婚事，她只说了"知道了"三个字。黑暗的最深处，她深刻地领会过，生命的可爱处，她也时时能够体验。知深黑却不阴暗，知天命却不绝望，她的性格不失可爱多彩，形象不失亲切慈爱——这是一位有个性、极聪明的老太太。

(三)

贾家有一件上上下下都在关心的大事，那就是宝玉的婚事。这个人选，必须由贾母来拍板决定。是林黛玉还是薛宝钗，这个在贾母心中早就有了选择。所以，我一直认为，有些人在后面设计的"调包计"之类的拙劣情节，真的是没有道理。

宝玉和黛玉吵闹的时候，贾母气得哭着抱怨："我这老冤家是那世里的业障，偏生遇见了这么两个不省事的小冤家，没有一天不叫我操心。真是俗语说的，不是冤家不聚头……"这句意义深远的俗话，让宝黛二人都潸然泪下。原来，老太太雪亮的眼睛，早就看准了人。而且，她从来都没有刻意隐瞒，连贾琏的仆人兴儿都敢说："将来准是林姑娘定了的……再过三二年，老太太便一开言，却是再无不准的了。"

贾母对黛玉的欣赏和对宝钗的冷淡，态度是非常明显的，表达方式是非常艺术的。

"刘姥姥嬉游大观园"一节中，吃过午饭，贾母兴致勃勃地带着刘姥姥去见识见识。"先到了潇湘馆"——黛玉的住处是她带领参观的第一站。在那里，刘姥姥看着满满的书和笔砚，说"这必定是那位哥儿的书房了"，贾母笑指黛玉说"这是我外孙女儿的屋子"。我们可以想象下这幅生动细腻的画面——贾母是何等的欣赏满腹诗书体度不凡的黛玉啊，给外人展示黛玉的时候，她的内心是多么开心得意。黛玉，就是她心中的第一骄傲。

张道士给宝玉提亲的时候，她不但干脆地回绝了，"这孩子命里不该早娶，等再大一大儿再定罢"，而且把自己选人的标准表达得明明确确："不管他根基富贵，只要模样配的上，就好来告诉我。便是那家子穷，不过给他几两银子也罢了。只是模样儿性格难得好的。"——她的身边，有多少双势利的眼睛？有多少人觉得有皇商背景的薛宝钗比寄人篱下的孤女林黛玉更当得起"宝二奶奶"这个位置？贾母，她当着全家上下、内外亲戚的面说，我只看人，不看根基。

薛家毕竟是亲戚，薛姨妈毕竟是儿媳妇王夫人的亲妹妹。贾母，在那个位置上，她必须维持表面上的和气和礼数。而且，作为中国传统的家长，她还必须对"自己人"刻意贬抑，对亲戚口口赞扬。口头上，她不止一次说"两个玉儿可恶"，表扬薛宝钗"我们家女孩通共算起来，都不如宝丫头"。她真的喜欢宝钗吗？在一个插曲里，她极其聪明地、具有艺术感地、明明白白地表达了自己对宝钗的评价。那就是她怎么对待薛宝琴。

她一见宝琴，"喜欢的无可不可"，立马询问生辰八字，有求婚配之意，还"逼着太太（王夫人）认了干女儿"。晚上她还要留宝琴跟自己一处安寝。她对宝琴疼爱得无以复加，刚下雪珠儿，就送了她一件"金翠辉煌"的贵重斗篷，连湘云都说"可见是老太太疼你了，这样疼宝玉，也没见给他穿"。还专门差自己的丫鬟琥珀过来宝钗住处交代："叫宝姑娘别管紧了琴姑娘……让他爱怎么着就由他怎么着，要什么东西只管要去，别多心。"老太太对宝琴的喜欢，表现得有多高调啊，简直是夸张！连宝玉、黛玉都没有得到过这样的待遇！

可是，她的重点是宝琴吗？非也！她在表演给薛姨妈和薛宝钗看呢！她在清清楚楚地告诉这对母女：我对黛玉好，不是因为黛玉跟我关系亲近，而是我喜欢黛玉本人。你们看，宝琴跟我关系更远，我一样喜欢；宝钗你来了这么久，我从来都没有对你有过婚配的心思，"不宜早娶"完全就是借口，真正的原因是我从来都没有看上过你。而她如此高调表示的前提，是宝琴已经许了人家，又给王夫人做了干女儿，没有任何嫁给宝玉的可能。所以，贾母的态度，表达得多么有艺术感啊！亲亲热热、礼数周全，却又明明白白！外围一圈人看热闹，局中人才懂得门道！薛宝钗立刻就明白了老太太的意思，于是，一向言语谨慎的她也忍不住对宝琴说出了饱含醋意和嫉妒的话："你也不知道那里来的这段福气，你到去罢，仔细我们委曲着你。我就不信，我那些儿不如你。"宝钗知道了，在宝二奶奶的人选上，自己根本没入老太太的眼。

明于识人，安于享福。可是，四大家族已经是大厦将倾，她也无力回天。任下面闹去吧，贾母这双洞察世情的眼睛已经快要闭上了。贾母的生命走到尽头的时候，大厦真的就呼啦啦倾覆了。我为她感到庆幸的是，后面的故事，她没有看到。

千里东风一望遥：探春的志向与寂寞

（一）

大观园里的三姑娘探春，一直是我特别钟爱的人物。

探春在《红楼梦》中的出场，就表明了这位姑娘的不凡与精彩。"削肩细腰，长挑身材，鸭蛋脸面，俊眼修眉，顾盼神飞，文采精华，见之忘俗。"——何等的光彩照人，风采俊逸。

可是在贾家，探春的出身却让她那么无奈。她是一个庶出的姑娘，生母还是从上到下几乎没有人能看上眼的、品行不堪的赵姨娘。更雪上加霜的是，她还有个跟她有着云泥之别的亲弟弟——猥琐卑劣的贾环。这是探春人生的痛苦，也是她的鞭子。

她处处与赵姨娘划清界限，积极主动向王夫人靠拢。尽管，王熙凤说王夫人"虽然表面上淡淡的，心里对她跟宝玉是一样的"，可是探春明白，王夫人何曾跟自己"亲"过。王夫人对她和对宝玉，以及对迎春、惜春，永远都不一样。

越是在生活深处的细节中感受到区别对待，这不凡的姑娘心中越是生发出倔强高远的心性，她要改变这一切。她自律修身、读书练字，她在大观园的住处"秋爽斋"无处不体现着她的心性和追求："探春素喜阔朗，这三间屋子并不曾隔断，当地放着一张花梨大理石大案，案上磊着各种名人法帖并十数方宝砚，各色笔筒、笔海内插的笔如树林一般。那一边设着斗大的一个汝窑花囊，插着满满的一囊水晶球的白菊。西墙上当中挂着一大幅米襄阳烟雨图……案上设着大鼎。左边紫檀架上放着一个大观窑的大盘，盘内盛着数十个娇黄玲珑的大佛手。"（第四十回）在这段细致的描写里，曹公一直在重复一个关键字"大"——这是一个胸襟开阔、志向远大、心性高洁、勤奋向学的姑娘。她喜欢的小玩意儿也在表明她不俗的品味，即要那"真而不作、朴而不拙"的东西。她读书，能一下听出宝玉的"杜撰"，连她的丫鬟，名字都叫"侍书"。

探春有抱负、有事业心。她跟大观园里其他姑娘都不一样。"我但凡是个男人，可以出得去，立出一番事业来，那时自有一番道理！"这样的话，探春是咬着牙、流着泪说出口的。那么痛心，那么决绝。

（二）

可探春的努力，是何等的寂寞。

第七十六回中的那个中秋节，刚刚经历了"抄检大观园"

的贾府,尤其冷清。"去的去,弱的弱,病的病",贾母带着几个媳妇赏月品笛到深夜,才看到其他姑娘全都走了,"只是三丫头可怜见的,尚还等着"。每次想到这个画面我就感到阵阵心疼。中秋皓月当空,几个无聊的媳妇婆子说着无趣的笑话,引发几阵尴尬的假笑,当中,是一个年轻姑娘静静陪坐的寂寞身影。

这种场面对于探春来说,并不陌生,一直以来,她都是这样陪着贾母和夫人们到最后的,只是这一年,其他人都走了,显得更加寂寞而已。别人都能走,只有她不能。多年以来,多少个场合,她就一直这样陪着、等着,等着被看见,等着被发现。

南安太妃降临贾府,贾母在安排了家里几位"名正言顺"的姑娘们来见太妃后,还要想一下,才对凤姐说"再叫你三妹妹来罢"。三姑娘探春,在她成长的道路上,要多付出多少心思和努力,熬过多少独自咬牙的时光,才有资格和其他姐妹们坐在一起,接受尊贵的太妃的召见。

大观园里的探春,如此地孤独,如此地寂寞。没有人看到她,她的热情和才干只能用在起诗社、替迎春打抱不平上。只有在王熙凤病倒的那些日子里,她才被委派暂时理家,稍稍发挥了她的不凡的才干。整个家族里,真正了解探春心性、懂得探春价值的,只有精明强干的王熙凤。凤姐在病中,虽然知道临时当家的探春会首先拿她开刀,可在跟心腹平儿谈论到探春的时候,依然会连声叫好:"好好,好个三姑娘!"

"他虽是个姑娘家,心里却事事明白,不过是言语谨慎,他又比我知书识字,更利害一层了","心里嘴里也都来得,又是咱家的正人"。几句话里,王熙凤已经给出了一个精英对另外一个精英的评价和欣赏:明白、读书、能干、正人。同样,凤姐也理解探春的无奈:"只可惜他命薄,没托生在太太肚里。"

（三）

想到探春时,总是会联想到《万历十五年》里的另外一个人物——孤独的将领戚继光。书中评价戚继光有一句话,我从第一眼看到后就再也没有忘记:"戚继光不是在理想上把事情做得至善至美的将领,而是最能适应环境以发挥他的天才的将领。……要点,在于他清醒的现实感。"

清醒的现实感,何其难得。面对真实的自己、面对现实环境都需要极大的勇气,更何况还要积极努力地有所作为!评价明朝创下奇迹的抗倭名将戚继光的话,用在探春身上,完美适合。

探春,她现实,她精明。她拿到账本就看到了贾府中层层叠叠的重复开销,把能免的都免了。她逛一趟赖家的小花园,就处处留心,别人在赏花吃酒的时候,她在细细问清小花园经济管理模式,关心稻米、果子和鲜花。她知道一根枯草一片荷叶都是值钱的之后,就在大观园里大力推行"包产到户责任到家"的经济管理模式改革。

她勤奋，暂时代替王熙凤理家期间，每天白天和李纨、宝钗在议事堂捧着账本子跟婆子管家们处理事务，晚上她一个姑娘家还要亲自巡夜。

她公正，坚决按照原则办事，舅舅赵国基死了，赵姨娘想趁着探春管家多要二十两银子，面对亲生母亲的要求，面对王熙凤当好人的妥协，她能斩钉截铁地拒绝任何例外。她知道，身正才能立威。

她果敢泼辣，面对恶仆自以为是的轻浮举止，探春毫不犹豫地给恶仆一记响亮的耳光！——不管这人是不是大太太面前得脸的陪房。她是如此的清醒有识见："你们别忙，自然连你们抄的日子有呢！……可知这样大族人家，若从外头杀来，一时是杀不死的，这是古人曾说的百足之虫，死而不僵，必须先从家里自杀自灭起来，才能一败涂地呢！"（第七十四回）

她失望，她的一腔热情在越来越清醒的头脑中渐渐冷却。越是接近管理核心，她越是清醒失望——贾母贪图享乐；王夫人只知道处理宝玉身边的"狐媚子"，完全不理事；邢夫人是那么浅薄狭隘；凤姐看起来精明强干，却越来越自私短视；爷儿们各个只知道自己寻欢作乐，醉生梦死。偌大的贾府，早已是入不敷出，寅吃卯粮。大厦将倾，她无力回天。

可是，她没有放弃努力。她在奋力为已经入不敷出的家庭经济做最大力度的补救，她毫无保留，毫无私心。虽然，作为一个要"出门"的姑娘,她可以不用这样耗费心力。

探春一直在努力,默默地、主动地、积极地为自己已经看清、失望的家族谋划挣扎,不管高层有没有人能看见。

(四)

贾家的盛日不会回头,可是,探春姑娘的未来,在远方。正如她抽到的那根签上所说"日边红杏倚云栽",在那个杏花似雪的春天,她被安排远嫁和亲,为国家平定战事。"清明涕送江边舰,千里东风一望遥。一帆风雨路三千,把骨肉家园齐抛闪。"在出嫁时,对于生于斯长于斯的贾府,探春还是心有眷恋的,在最后离别的时刻,她放下了心里的包袱,与自己一直嫌弃的生母含泪拥别。离去的人前途未卜,留下的人却还没有意识到周身的大火。从今分两地,各自保平安。探春走了,就像她喜欢的那个风筝——文采辉煌的软翅大凤凰一样,远走高飞的她,一定会栖到属于自己的梧桐树上。

高鹗的后四十回续文我只看过一遍,简直读不下去,每一个人物和情节安排都无法忍受。他写的后续我只认可一句话,说探春远嫁几年后回来,"出落得更加出挑了"。这是探春应该有的样子——对于这样一个有识见、有抱负、有头脑、有品格、有作为的人来说,越来越精彩是她必然的人生走向。

发自肺腑地,祝福探春。

成全的力量：探春的政治家风度

"好好，好个三姑娘，我说他不错……""他虽是个姑娘家，心里却事事明白，不过是言语谨慎，他又比我知书识字，更利害一层了。"这评价，出自王熙凤之口，是对着自己的心腹平儿说的。她说的是探春。

整个《红楼梦》中，能入精英王熙凤之目的人不多，而能让她这样极力赞赏的，更是少之又少。这其中，就有三姑娘探春。

探春在红楼中，是个极具人格魅力的人物，我觉得，她和元春、王熙凤一道，都是"属凤凰的人"。

探春最大的魅力，是她的人格中有一种叫作"成全"的力量。

这份力量，让探春有着其他姑娘都没有的担当和作为。

这份力量，让探春的人格大放光彩。

我们来看看大观园里的探春姑娘。

（一）

对于大观园，探春的感情是深厚的，因为她就住在园子里，那是她的生活；她是大观园中的重要一分子，更是大观园生活的重要参与者和当事人。但跟其他同住在园子里的人不一样的是，探春更是一个"作为者"和"保护者"。

《红楼梦》中，关于姑娘们大观园生活最精彩的描写，几乎都集中在众姑娘在诗社一起作诗时。咏白海棠、写螃蟹诗、芦雪广连句、咏柳絮……姑娘们大展其才，抒发情思，评判学习，交流进益。她们的才华和个性，都在这里得到了充分展示。

这么多有才华的人中间，起诗社的倡议者和组织者，是探春。

相比于黛玉、湘云和宝钗，探春的诗才并不特别出色，但是探春是那个为她们提供展示才华的平台的人。

因为探春的心中有他人，她自己爱作诗，也能想到其他有"同好"的人。于是，她通过自己积极的倡议，成全了大观园最精彩的诗意风景。

（二）

对大观园的美好，探春不仅有主动成全，更有保护和担当。这一点，抄检大观园时她的表现最能体现。面对愚主恶仆对大观园的伤害，所有姑娘中，只有探春拿出了令人击节赞赏的态度和反抗。

一帮人来到探春院里时，已经有人报与探春了，她"遂命众丫鬟秉烛开门而待"。

那一刻的探春就像一位威猛镇定的大将军。

探春冷笑道:"我们的丫头,自然都是些贼,我就是头一个窝主。既如此,先来搜我的箱柜,他们所有偷了来的,都交给我藏着呢。"……探春道:"我的东西到许你们搜阅,要想搜我的丫头,这却不能。我原比众人歹毒,凡丫头所有的东西,我都知道……要搜,所以只来搜我。你们不依,只管去回太太,只说我违背了太太,该怎么处治我去自领。你们别忙,自然连你们抄的日子有呢!……可知这样大族人家,若从外头杀来,一时是杀不死的,这是古人曾说的百足之虫,死而不僵,必须先从家里自杀自灭起来,才能一败涂地呢!"
(第七十四回)

好一个有见识、有担当的探春!面对外来的恶人,她会正面迎敌,她会承担一切责任和后果,她会护着园子里的自己人。她会威风凛凛地说出一句"有什么事情,冲我来"。这一点,令我极其敬佩,因为其他谁都没能做到。何况还可对比下一定要赶走入画的冷漠惜春!

那晚更让人拍案叫好的是,探春给王善保家的脸上那响亮的一巴掌。

王善保家的那晚狗仗人势,得意忘形。

他便要趁势作脸献好。因越众向前,拉起探春的衣襟,故意一掀,嘻嘻笑道:"连姑娘身上我都翻了,果然没有什么。"……一语未了,只听拍的一声,王善保家的脸上早着了探春一掌。探春登时大怒,指着王善保家的问道:"你是什么东西，敢来拉扯我的衣裳！我不过看着太太的面上，你又有年纪，叫你一声妈妈，你就狗仗人势，天天作耗，专管生事。如今越性了不得了。你打谅我是同你们姑娘那样好性儿，由着你们欺负他，就错了主意！"（第七十四回）

好个威风凛凛、不容侵犯的探春姑娘！她用一个响彻暗夜的耳光表明：面对他人对大观园的伤害，她会勇敢地站出来，把一个有力的耳光对恶人狠狠地扇过去！

王蒙对这响亮的一巴掌极为赞赏："探春给王善保家的这一个嘴巴叫作金声玉振，响彻乾坤，余音绕梁，千年不绝！"

这一巴掌，让多少须眉汗颜！

（三）

面对贾府日益显露的经济和管理危机，大观园里的探春，更是拿出了令人敬佩的魄力和作为。

王熙凤病倒期间，探春被委托暂时理家。虽然只是暂时代理，但探春是负责任的、有所作为的。探春在大观园里推行改革举措，更是体现了她卓尔不凡的才干。

同是去赖大家的园子里吃酒听戏，处处留心的探春却跟其他人不一样，她细细地了解了园子的经济运营状况，从那时起，也就对大观园的管理上了心。

于是，在理家期间，探春在大观园里开始开源节流的改革——用"承包到户"的方式，对园子里的果木和鲜花实行可以产生经济效益的深度管理；把以往层层叠叠的重复开销一概取消，并简化了小姐们所用物品的采买流程。

探春的心智才干和负责任严格程度甚至超过王熙凤："只三四日后，几件事过手，渐觉探春精细处不让凤姐，只不过是言语安静，性情和顺而已。……每于夜间针线暇时，临寝之先，坐了小轿，带领园中上夜人等各处巡察一次。……因此里外下人都暗中抱怨说：'刚刚的倒了一个巡海夜叉，又添了三个镇山太岁，越性连夜里偷着吃酒顽的工夫都没了。'"（第五十五回）

大观园里的探春，有着高度的责任感，她用自己的担当和勇敢，给来破坏大观园的恶人以迎头痛击；用精细负责和心智才干，为大观园的维持和运营，提供了有效的支撑和探索。

这样的探春姑娘，值得欣赏，值得敬佩。

（四）

探春，是《红楼梦》中最具政治家风度的一位。

曹雪芹毫不掩饰自己对探春的无限看重和欣赏，对探春的命运，他做了一个开放式的安排——"千里东风一望遥"，远走高飞，给她一片海阔天空。

探春是一定会远走高飞的。《肖申克的救赎》中说，有一种鸟儿，笼子是关不住的。探春就是这种人。书中有很多个细节，都说明了这一点。

元妃省亲后，探春做过一个元宵灯谜："阶下儿童仰面时，清明妆点最堪宜。游丝一断浑无力，莫向东风怨别离。"谜底就是风筝。

然后是探春放风筝。探春放的是一个"软翅大凤凰"，"探春正要剪自己的凤凰，见天上也有一个凤凰。……只见那凤凰渐逼近来，遂与这凤凰绞在一处。……又见一个门扇大的玲珑喜字儿，带着响鞭，在半天如钟鸣一般，也逼近来。……那喜字儿果然与这两个凤凰绞在一处，三下齐收乱顿，谁知线都断了，那三个风筝飘飘摇摇都去了。"（第七十回）

群芳为宝玉祝寿时，玩抽签的游戏。关于探春，是这样的：

探春笑道："我还不知道得个什么呢！"……众人看那上面是一只杏花。红字写着"瑶池仙品"四字。诗云："日边红杏倚云栽。"众人笑道："……我们家已有了个王妃，难道你也是不成。大喜大喜。"（第六十三回）

有志气、有抱负、有担当、有作为的探春姑娘，注定是一只越来越精彩的凤凰。"清明涕送江边舰，千里东风一望遥"，她会在清明时分，为和亲远嫁他乡，成为贾家的第二位王妃。生在那样的时代，生为女儿身，"才自清明志自高"的探春也并没有太多的选择。她接受了这样的安排，用自己的人生，去承担一项政治任务。

是幸，还是不幸？探春有自己的回答。

花儿落了结个大倭瓜：
《红楼梦》里唯一象征光明的花

（一）

《红楼梦》本身是个巨大的命运谜语，草蛇灰线，伏脉千里，全篇无一句虚言。书中有太多花与人物命运的对应隐喻，如荷花之于黛玉、香菱，牡丹之于宝钗，海棠之于湘云，杏花之于探春，芙蓉之于晴雯……关于《红楼梦》中花与人物命运的隐喻的解读可谓汗牛充栋，可是有一种花——南瓜花，却长期以来似乎一直被人忽略了。

但是，这是《红楼梦》中唯一具有光明命运隐喻的花。

《红楼梦》虽然没有结局，可伟大的曹公在第五回就给主要人物写好了命运判词。金陵十二钗中年龄最小的贾巧姐的判词是"留余庆，留余庆，忽遇恩人；幸娘亲，幸娘亲，积得阴功。劝人生，济困扶穷""偶因济刘氏，巧得遇恩人"。巧姐是贾府贵妇王熙凤的独生女儿，她的命运，怎么跟乡村老妇刘姥姥缠绕在了一起呢？一切，都源于她母亲当年随手的善举。

公府大厦中的女强人王熙凤虽然一生毒辣刻薄的事情干得不少，可她当年却善待过八竿子打不着的乡村贫妇刘姥姥。在她的接济下，刘姥姥在乡下过好了日子，外孙板儿也在贾府的庇护下长大。

刘姥姥第一次进贾府时，只见到了管理具体家务事的王熙凤。当时春风得意、财大气粗的王熙凤漫不经心地给了她"给丫环做衣裳"的二十两银子，就将她打发了。在乡下日子艰难得快过不下去的刘姥姥对此感激不尽，打下的瓜果也惦记着给王熙凤送去尝鲜。由此，她也为自己第二次进贾府留下了机缘。

(二)

刘姥姥第二次进贾府时，王熙凤觉得这个跟贵族大家庭生活完全不同的粗鄙老妇可以用来逗深宅大院里的夫人小姐们开心。所以她把刘姥姥带到了贾母面前，还带刘姥姥一起跟众人游览了大观园。嬉游大观园是《红楼梦》中极其出彩的一节，刘姥姥洋相百出，大观园中的夫人小姐们难得一起开怀大笑。刘姥姥这个大字不识一个的乡村老妇，也借此机会见识了一下显赫大家族里的富贵生活，并有机会参与了一次贵族家庭文雅的娱乐活动——行酒令。也就在这一天，刘姥姥第一次见到了王熙凤的女儿，这是日后她救孩子出苦海之前唯一的一次见面。

来看看这个不识字的乡村老妇脱口而出的精彩绝伦而又意味深长的酒令吧。(括号里是笔者的批注)

〔酒令官〕鸳鸯：左边四四是个人。

刘姥姥：是个庄稼人罢。(一个乡村老妇庄稼人)

鸳鸯：中间三四绿配红。

刘姥姥：大火烧了毛毛虫！(在贾府家族败落大厦倾覆之后)

鸳鸯：右边幺四真好看。

刘姥姥：一个萝卜一头蒜！(接济与救赎，命运彼此配合成全)

鸳鸯：凑成便是一支花。

刘姥姥：花儿落了结个大倭瓜！(第四十回)

酒令过后，刘姥姥第一次见到了王熙凤的女儿。当时，这个自幼体弱的孩子正在生病。她母亲王熙凤觉得这孩子的生日不好——七月初七，正是七夕日，人间喜鹊(气)都上天搭桥了。所以王熙凤想请刘姥姥给孩子取个名，一是借老人家的寿，二是她相信贫苦人取的名会"压得住"，能庇护小姑娘成长。刘姥姥张口就取名"巧姐"，她说："以毒攻毒，以火攻火……或一时有不遂心的事，必然遇难成祥，逢凶化吉，却从这巧字上来。"

王熙凤听了欢喜，孩子从此就叫巧姐。王熙凤不知道，由于自己几年前随手的接济，此刻尚在襁褓中的女儿的命运，已经和面前这位贫苦的老妇人紧密地缠绕在了一起。刘姥姥在见到孩子的第一天,从酒令到取名,已经一句句说出了贾府这朵小花的命运预言。王熙凤更不知道,面前的这位刘姥姥,就是日后救她女儿出苦海的恩人。

事败休云贵,家亡莫论亲。贾家败落后,巧姐被自己那"忘骨肉的狠舅奸兄"卖到南省瓜洲烟花巷里。救她出苦海的,正是这位粗鄙的乡下老妇刘姥姥。

(三)

"花儿落了结个大倭瓜"。这句话里的南瓜花,是王熙凤随意间的善行,像乡下的南瓜花一样平常随意,一样毫不起眼,可结下了她这辈子最大的阴功。

"花儿落了结个大倭瓜"。这句话里的南瓜花,是巧姐的命运。这个出身于富贵绮罗丛里却被自家亲人卖到烟花巷里的公府小姐,历尽劫难后,终于被刘姥姥带回了乡下山野,在最适合自己的生活中结出了平凡踏实的命运结局——质朴无华的南瓜。

"花儿落了结个大倭瓜"。这句话里的南瓜花,是刘姥姥她自己。乡野妇人在《红楼梦》里,只配做土气的南瓜花。可正是这朵花,在关键时刻做出了惊天动地的壮举:八十多岁的刘姥姥带着板儿千里迢迢、一路乞讨前往南省瓜洲,在脂浓粉香的烟花地一家家寻找,打听到巧姐的下落。跪地苦苦哀求老鸨无果后,回到老家卖房卖地凑够银子,再次前往瓜洲将自己仅见过一回的巧姐赎出。等她历尽千辛万苦把脱离苦海的巧姐搂在怀里的时候,她已经一无所有。可是,花儿落了结个大倭瓜。巧姐哭着扑向她怀里叫的那声"姥姥"已经让她今生无怨无悔,她已经看到了因果轮回中结出的踏实的南瓜——板儿已经长大,他将和巧姐一起,在山野乡下过上普通人的平静生活。这个大南瓜,何尝不是最美好的人性慈悲之果!何尝不是最动人的生生不息的希望之果!

《红楼梦》是一个女儿花儿的世界,春天的大观园更是"花团锦簇地,温柔富贵乡";《红楼梦》更是一个浸透了悲凉之雾的花的世界,"千红一哭,万艳同悲",花儿朵儿的命运是无一例外的凋零飘逝。可是南瓜花,这朵不被人算作花的花,"花儿落了结个大倭瓜",成了《红楼梦》全书中唯一的花儿与命运的光明隐喻,预示着轮回中生生不息的希望。

你若内心光明,就必然流露光明,不管身披何等粗鄙的衣裳,不管身处何等黑暗的环境。

福气生自平常心:天价瓷杯的故事

(一)

在《捡来的瓷器史》中,作者涂睿明在"天价的酒杯"一篇里说,2014年4月8日,在香港"重要中国瓷器及工艺品"拍卖会上,一件明代成窑的小酒杯最后以2.8亿港元成交。这件天价的瓷杯,全名叫"大明成化斗彩鸡缸杯"。

斗彩鸡缸杯诞生于明朝成化年间,此后不久,它便迅速成为中国陶瓷史上备受关注的明星品种。据涂睿明的介绍,在明朝官方记录《神宗实录》中,就已经有"神宗时尚食。御前有成杯一双,值钱十万"的记载。而当时文人的笔记《万历野获编》里说:"成窑酒杯,每对至博银百金。"

成窑的彩杯,在明清时期,已经是极其值钱的珍稀物品了。

你想到了什么吗?

妙玉奉茶。

（二）

刘姥姥嬉游大观园时，贾母带着一群人到了妙玉的住处栊翠庵，要在这里休息一下，吃一杯茶。宝玉留神看妙玉如何行事："只见妙玉亲自捧了一个海棠花式雕漆填金云龙献寿的小茶盘，里面放了一个成窑五彩泥金小盖钟，奉与贾母。"——妙玉那样的人，捧给贾母用的，当然是最尊贵的器物，独与众人有别——"然后众人都是一色官窑脱胎填白盖碗"。（第四十一回）

再看贾母。这杯用成窑的五彩小盖盅装着的"老君眉"茶，她吃了一半，便笑着递给刘姥姥，让她尝尝这个茶。刘姥姥很自然大方地接过茶盅，一口吃尽，还笑嫌这茶"好是好，就只淡些"。这完全不识货的粗鄙评价，又惹得众人大笑。

茶毕，妙玉嫌弃刘姥姥脏了她的杯子。宝玉就说："那茶杯虽然脏了，白撂了岂不可惜！依我说，不如就给了那贫婆子罢，他卖了也可以度日。"妙玉想了想后答应了："这也罢了。幸而那杯子是我没吃过的，若是我吃过的，我就砸碎了。只是我可不亲自给他，你要给他，我也不管，我只交给你，快拿了去罢。"

于是，这个价值不菲的成窑杯子，就被刘姥姥带走了。一个在当时就是珍稀物品的杯子，一个在后世能够成为天价宝贝的杯子，就这样，由出身扑朔迷离但来头绝对不小的妙玉从外面带进大观园，亲自捧给贾母用过，随意间给刘姥姥用过，再经宝玉赠送，由刘姥姥带出了大观园。

这个杯子，刘姥姥回去肯定不会卖掉的。第一，她回去时，已经有了置地的银子；第二，贾府所赠的礼物，她一直怀着感恩的心收着——鸳鸯和平儿送给她的旧衣服她都舍不得穿。所以，这个精致小巧的成窑五彩瓷杯，这个只要不砸不毁就不会有任何老化变质的坚硬瓷器，她一定会一直珍藏着。她不一定知道这个杯子的市价，但在她心中，这个杯子的价值无与伦比，因为那是贾府送给她的礼物。

（三）

这个杯子后来会到谁手上？应该是，巧姐和板儿。

刘姥姥很可能一辈子都不知道这个成窑五彩茶杯的价值。对于妙玉，这个杯子是尊贵身份的象征，她自己都舍不得用，只在贾母来的时候，"亲自捧给"贾母。对于贾母，这只是她每日享用的珍稀器物中的小小一件而已，自己用一下，随手递给刘姥姥用。而对于宝玉，这是他对所有人、所有物的平常心，是他对穷苦人的慈心善意：一件东西，白砸了可惜，不如给人度日。

但是，在刘姥姥眼里，很可能它就只是一个好看的杯子而已。不，在她心里，它的意义远远超越了杯子，那是贾府曾经给过她的怜恤和温情。那个成窑瓷杯,在刘姥姥心中,就只是"瓷杯"(慈悲),从她在大观园第一次看到它开始,到把它留给巧姐的那一刻,从来都是,没有变过。

这个"瓷杯"(慈悲),经由几个人,到了巧姐手里。她是大厦倾覆后,虽然历经劫难,但逃出生天的"金陵十二钗正册"成员。她是王熙凤唯一的女儿,是王熙凤这一生唯一的牵挂。而王熙凤,就是那个接济刘姥姥、成全刘姥姥的人。

慈悲流转,因果循环。茶杯的故事,就到这里了。

可是,我想说的,不止这些。

(四)

在《京华烟云》中,道学修养深厚的姚思安在因为避战乱而暂时离开北京城的时候,这样告诉心爱的女儿姚木兰,不要执着于收藏的那些古董器物的价值,你若把那些东西看成一文不值的废物,那它们就是废物。他对木兰说:"要知道,物各有主。在过去三千年里,那些周朝的铜器有过几百个主人了。在这个世界上,没有人能永远占有一件物品。拿现在说,我是主人。一百年之后,又轮到谁是主人呢?若不是命定的主人掘起来那些宝物,他只能得到几缸水而已""福气不是自外而来而是自内而生的。一个人若享有真正的福气,或是人世间各式各样的福气,必须有享福的德行,才能持盈保泰。在有福的人面前,一缸清水会变成雪白的银子;在不该享福的人面前,一缸银子也会变成一缸清水。"

这些话,被姚木兰一辈子都牢牢地记在心里。

《红楼梦》中,妙玉是成窑五彩杯最初的主人。可是,曹雪芹先生很吝惜地安排"那杯子是我没吃过的"。孤僻清高、高傲自我、目下无尘的妙玉享用不起那件宝贝。"气质美如兰,才华馥比仙"的妙玉,虽然日日念佛,可她心中,没有那份平常心,没有那份对人谦逊平等的悲悯心。

在曹公巨笔之下,那位妙玉最看不起的贫婆子刘姥姥,却享用得起。虽然是个乡野老妇,可她有着万人不及的大智慧、大勇敢、大情义。知恩图报、有情有义的刘姥姥,不仅落落大方地把茶一口吃尽,而且带走了杯子。

后来的巧姐,享用得起。这朵生在富贵中,却家破人亡、被卖到烟花柳巷的贾府小花,历经劫难,最后终于被刘姥姥从火坑里救出,在山野乡下,有了适合自己的平实生活。那时的她,已经看透了富贵与繁华,看淡了人与人之间的往来纠葛,看透了纸醉金迷觥筹交错笙歌艳曲的背后实质,明白了人这一生最重要最珍贵的东西为何物。所以,巧姐,她会在田间、在纺车边上收获属于她自己的真实生活。那个杯子,值多少钱,对她来说都已经无所谓。在她眼里,那是亲爱的刘姥姥留给她的东西,这个价值无与伦比。

（五）

天价的瓷杯，天大的福气。谁享受得起？

拥有一颗平常心，将身外之物看淡看轻的人，享受得起。一个人如果对外界无欲无求，那么他就会刀枪不入。这样的人，拥有自己的世界。他不会被外界扰乱了内心的节奏，他会在内心搭建起一片属于自己的"福地"。

谦逊慈悲的人，享受得起。已识乾坤大，犹怜草木青。他对自己、对他人、对万物，都怀着一颗悲悯心。他会尊重每一个生命的独一无二，体恤每一份弱小与无助。这样的人，不会让波动的"市价"干扰自己的眼光和判断。他活得很真，很踏实。生命于他，本身就是一场发现幸福的旅程。

自知自律、自强自勉的人，享受得起。知道自己的分量和尺寸，更知道自己的界限，对自己管得住，对自己有办法。这样的人，始终清醒。

一生都怀着深远的慈悲之心，一生都听从着事业使命的召唤，一生都无私无怨地投入到为人类造福的人，享受得起。虽然，这样的人，都已经不会计较名与利。

《道德经》上说，"祸兮福之所倚，福兮祸之所伏"。又说，"重为轻根，静为躁君，是以圣人终日行不离辎重。虽有荣观，燕处超然"。

个人的经历，福与祸之间的转化，全看个人的精神境界和生命修行。能够守得住内心的笃静,能够让深厚的修养学识成为终日不离的"个人辎重",能够用超然的目光看待人生的人,应该是能把所有的遭遇都化为滋养和成全的有福之人吧。

少年时读《曾国藩家书》,记住了一句话:"无实而享大名者,必有奇祸。"所以,曾国藩这一生都在致力于做"大实",他无意争"大名",可他成就了后世流芳的大名。他受得起。

每每在博物馆看到那些盖着历代收藏家的印章、写着收藏家题记的名帖名画,读到一些传世名品的收藏流转记录时,都会深深地感慨:到底是人在收藏珍宝,还是这些传世的珍宝在收藏人?——我觉得,后者更加真实。

推而论之,是人在追求福气,还是福气在选择人?

把渴望化为成全:元春的向往

(一)

看过《红楼梦》的人,都知道大观园。大观园,是《红楼梦》中的一个梦境,是红楼最精彩的故事的发生地——在很多人心中,"大观园"与"红楼梦"是对等的。

那是一个人间仙境,是太虚幻境在人间的版本。在梦中见过太虚幻境的贾宝玉,第一次游览大观园的时候,一种似曾相识的感觉闪电般在头脑中闪过:"见了这个所在,心中忽有所动,寻思起来,倒像那里曾见过的一般,却一时想不起那年月日的事了。"(第十七回)

大观园,是一个自由清新的、诗意盎然的、永恒的精神家园。

(二)

大观园,为贾元春缔造。

"二十年来辨是非,榴花开处照宫闱。"贾元春是书中身份最高贵的人,当上了皇宫中的贵妃娘娘——她的身份就是人间的凤凰。她是书中权力和影响力的顶点,她是贾家的靠山和庇护,她身系家族的荣辱兴衰。出场不多的她,是红楼中一个极为关键的人物。入宫之前,她是贾宝玉的启蒙老师——相比于王夫人,身为长姐的她更是宝玉精神上的母亲;成为贵妃之后,大观园因她而建造,由她命名;省亲过后,经她安排,贾宝玉和众姑娘才得以搬入,大观园才成了一个充满了青春女儿的生命气息、写满了人间情爱和诗意的乐园。

在那个为她建造的园子里,元春只度过一个晚上。不,只有几个时辰。那个晚上,是贾家富贵荣耀的顶点,说不尽的太平气象,富贵风流。入宫封妃,受宠省亲。那一晚,应该是元春的"人生巅峰时刻"。

可是,那晚的元春,是什么样子的呢?

"贾妃满眼垂泪,方彼此上前厮见,一手挽贾母,一手挽王夫人,三个人满心里皆有许多话,只是俱说不出,只管呜咽对泪。……半日,贾妃方忍悲强笑,安慰贾母、王夫人道:'当日既送我到那不得见人的去处,好容易今日回家,娘儿们一会,不说说笑笑,反到哭起来。一会子我去了,又不知多咱晚才来!'"(第十八回)悲伤,铅一般沉重,说不出来。

面对隔帘对自己跪拜的父亲,元春含泪说:"今虽富贵已极,骨肉各方,然终无意趣!"听了父亲对皇权一番端端正正诚诚恳恳的谢恩和表白,她只是淡淡地回复"只以国事为重,暇时保养,切勿记念"。在她心中,亲情的温暖,家人的平安，比功名利禄重要得多。

皇宫，何其富丽堂皇；宫中的人，何其孤独寂寞；宫中的生活，何其可怕冰冷；权力斗争，何其黑暗残忍。

"一声震得人方恐，回首相看已化灰"。经历过这些的元春，人生已经没有回头路的元春，已经看透了。眼前的金玉满堂、争荣夸耀，都是给别人看的，皇宫里牢狱一般的孤独阴冷和黑暗恐怖，才是自己的。

（三）

元春心中关爱切切、期望殷殷的，只有宝玉。回家与祖母与父母相见，骨肉分离的悲伤始终笼罩着元春。直到听说宝玉能够为园中景致和馆舍命名题联，元春这才转换了情绪——便含笑说："果然进益了。"她对宝玉"命快引进来"，行礼后，命他进前，携手拦于怀内，又抚其头颈笑道："比先竟长了好些……"一语未终，泪如雨下。

宝玉，是她在贾府最重的牵挂。他人生的每一步，她都怀着巴望的心情，看在眼里，记在心上。他活泼泼的生命的成长，是她唯一的精神支撑。

她参与安排了他的命运，而那是一只极其重要的手。

元春回宫后，给荣国府下谕，安排宝玉和家里众姑娘都搬进大观园里住。

宝玉听了这谕，"喜的无可不可"。只有他最明白，这个安排对他来说意味着什么。

自由。他最向往的自由！元春今生不会再有了，可她成全了宝玉，成全了众姑娘们。

大观园里的清新和活泼，精彩和深邃，从此展开。

（四）

贾元春有着很不俗的文学艺术才情，她有着对自我和自由的向往和追求。她对人对事更有着极其敏锐的洞察眼力。省亲当晚，她就对才情出色的小旦龄官表示了特别的欣赏，下谕"说龄官极好"，让她自由发挥再作两出戏。她甚至对龄官坚持自我的倔强性格都很赞赏。在那个场合上，龄官不听安排非要作自己的本角儿戏，而这样的冲撞不仅没有让元春生气，而是"贾妃甚喜，命不可为难了这女孩子"。元春虽说自己"素乏捷才，且不长于吟咏"，但是，我们可以从她欣赏的人身上见出她的鉴赏才华和品味格调。那晚她第一次见林黛玉，就一眼看出了黛玉的出类拔萃，与众不同。她把黛玉为宝玉代作的那首"杏帘在望"评为"前三首之冠"。那首诗流露出来的清新自然的才情，想必在元春心中有所呼应。

她能看出来，"迎、探、惜三人之中，要算探春又出于众姊妹之上"。之后在宫中，她对探春的关注程度也超过其他姑娘。

元春在宫中"那不得见人的"生活经历，让她对清新自由的生活无限向往。今生已经得不到了，于是她把这份自己不能实现的愿望，转化为成全他人的力量。她成全了一个诗意自由的青春乐园。可她，只能悲凉无奈地笑着、看着大观园里的美好与活泼。

"喜荣华正好，恨无常又到。"贾元春，在那个环境下，只能是一个牺牲品。"虎兕相逢大梦归"，她的薄命与末路，注定和加速了大观园的诸芳流散。当元春宫中失势（宫中夏太监对贾家的公然敲诈和索要已经说明了这一点），贾家走向败落，大观园里的青春女儿们，悉数凋零。呜呼！千红一哭，万艳同悲！

可是，在我心中，元春这只凤凰的光彩，在她省亲那晚写下"芳园应锡大观名"的那一刻，已经成了永恒。

委身墙角花犹艳：宁国府里的"大女人"

（一）
尤氏的形象

尤氏在《红楼梦》中，连个名字都没有。只知道她姓尤，是宁国府贾珍的继室夫人，被长辈们叫作"珍哥儿媳妇"，被仆人称为"东府大奶奶"。

全书中，没有一个人跟她有血缘关系。名义上的儿子贾蓉，是丈夫与前妻所生。她的娘家人，尤老娘也是一位继室，并不是她亲生母亲。两个妹妹尤二姐和尤三姐，是尤老娘从前夫那里带过来的，跟她并无血缘关系。

在看重背景和亲戚关系的贾府中，尤氏是那么的孤苦单薄。相比于动不动就在贾琏面前说拿王夫人跟自己的嫁妆单子比比的王熙凤，尤氏从来没有这么牛这么硬的口气。

她没有强大的娘家背景，没有可以攀缘的亲戚关系，没有长辈的欢心，丈夫贾珍以及儿子贾蓉，也没能给她撑一点腰，争半点光。

因为贾琏偷娶尤二姐被王熙凤发现了，酸凤姐便去宁国府大闹了一场。贾珍见状,备马就跑,躲得远远的。凤姐就抓住了迎面来接的尤氏,直接往她脸上吐了口唾沫。

这里凤姐带着贾蓉走来上房,尤氏正迎了出来,见凤姐气色不善,忙笑说:"什么事情这等忙?"凤姐照脸一口唾沫,啐道:"你尤家的丫头没人要了,偷着只往贾家送!"

接着,凤姐开始了计划中的撒泼打滚,把尤氏揉搓了一顿,让她难堪到极点:

凤姐滚到尤氏怀中,嚎天动地,大放悲声……说了又哭,哭了又骂,后来放声又哭起祖宗爹妈来,又要寻死撞头,把个尤氏揉搓成了一个面团,衣服上全是眼泪鼻涕,并无别语。

尤氏被揉搓得没法,只好骂贾蓉给自己辩解两句,立刻就招来了王熙凤对她指着鼻子的破口大骂:

"你发昏了?你的嘴里难道有茄子塞着?不然他们给你嚼子衔上了?为什么你不告诉我去?……你这会子还怨他们!……你又没才干,又没口齿,锯了嘴子的葫芦,就只会一味瞎操心,图贤良的名儿。总是他们也不怕你,也不听你。"说着啐了几口。(第六十八回)

按家族长幼级别,尤氏作为贾珍的夫人,在地位上应该比王熙凤还要高一些。可我们在这一幕中看到的,是一个"又没才干,又没口齿"、谁都不听她的、软弱无能的尤氏。

真的是这样的吗?

（二）
尤氏的真实才干

一个人的才干在日常生活中是无法充分显露的，需要有重大事件来让真英雄脱颖而出。而在贾府，最能考验理事才干的，就是规格高流程长，礼仪要求苛刻，宾客往来众多，事务具体繁琐的丧事。

书中，王熙凤和尤氏各自料理了一场重大丧事。前者为晚辈知己秦可卿，后者为长辈公公贾敬。

宫中一位老太妃薨了，所有诰命都要每日入朝随祭，之后贾母携夫人们还要在外一月之久。女眷一起在外，必须男人护送。所以一时间，两府都没有了主人，只好借故留下了尤氏在家。

恰恰在这期间，一直在道观里炼丹修仙的贾敬死了。

虽不在家住，贾敬亦是贾府在身份上最重要的主子之一。他的暴亡，无疑是个重大突发事件。

看在家的尤氏是怎么应对的：

尤氏一闻此言，又见贾珍父子并贾琏等皆不在家，一时竟没个着己的男子来，未免忙了。只得忙卸了妆饰，命人先到玄真观将所有的道士都锁了起来，等大爷来家审问，一面忙忙坐车，带了赖升一干老人媳妇出城，又请太医看视到底系何病。……尤氏也不听，只命锁着，等贾珍来发落。且命

人去飞马报信……（第六十三回）

　　反应敏捷，滴水不漏。尤氏在得到贾敬的死讯后并不惊慌失措，她不失礼地卸妆，因为死因尚不明，就先把死亡现场的道士们锁了起来。自己马上带人赶到现场，对给出的不确切死因毫不耳软，只管锁着等发落。

　　处理了死亡现场，接下来就要办丧事。没有一个主事男人在家，尤氏一个人根据实际情况，不失妥当地自行决断：

　　一面看视这里窄狭，不能停放，横竖也不能进城的。忙装裹好了，用软轿抬至铁槛寺来停放。掐指算来，至早也得半月的工夫，贾珍方能来到。……遂自行主持……做起道场来等贾珍。（第六十三回）

　　你看尤氏面对突发死亡时的反应！在家里没有一个长辈和男人在的情况下，能够冷静镇定地面对大状况，她沉着而缜密地根据实际情况，拿主意，定事体，自行主持做决定。尤氏的才干和魄力在这件丧事中令人赞赏！

　　这个时候，心思细密周全的她都没有忘了在外的老太太——贾珍父子回来奔丧，老太太那边怎么办？于是，贾珍和贾蓉在路上遇到了自家家丁。原来，尤氏恐"老太太路上无人，叫我们两个来护送老太太的"。这样的事情，尤氏都提前想到了，安排到了，所以，"贾珍听了，赞称不绝"。听了家丁描述尤氏如何处理意外死亡和丧事后，贾珍"忙说了几声妥当，加鞭便走"。尤氏的细致能干，让宁国府的当家爷儿们赞不绝口！

贾敬是个"老爷"级别的人物，他的丧事，规格和排场应该不会低于自己的孙媳妇秦可卿。在尤氏的主持安排下，贾敬的丧事被料理得风风光光排排场场。"是日，丧仪炫耀，宾客如云，自铁槛寺至宁府，夹路而观者，何啻万数也。"

在书中，王熙凤的才干，在帮贾珍料理秦可卿丧事的时候得到了充分的展现和众人的认可。可是，我们别忘了，这个"协理宁国府"的机会，也可以说是尤氏让给王熙凤的。贾珍对于自己儿媳妇之死的表现太让人难堪了，尤氏无法给秦可卿料理丧事，她只能通过装病来回避，这是她作为一个女人最后的尊严底线。

王熙凤料理秦可卿丧事的时候，贾府正处于向鼎盛发展的上升期，银钱趁手任她花，贾珍、贾蓉都给她帮衬撑腰，宁国府的仆役们对她服服帖帖。王熙凤大权在握，威重令行，志得意满。

而尤氏理丧的处境呢？"荣府中凤姐儿出不来，李纨又照顾姊妹，宝玉不识事体，只得外头之事暂托与几个家中二等管事人。"男人们都因朝中公事走不开，尤氏只能把自己的老娘接来替自己看家。可怜尤氏，一介女流，独木难支，家里家外，分身乏术。

但她一个人顶了下来。头脑清楚，镇定从容，一丝不乱，滴水不漏。

从这件事情上，我们可以看到尤氏的实力，她的实际心智才干，并不输给荣国府里的王熙凤，至少旗鼓相当。

曹雪芹很欣赏地给了她一个评价——"独艳"。

（三）
尤氏的善良与温情

从很多细节可以看出，尤氏跟凤姐的关系曾经是很亲密的，能玩到一起，开得起玩笑。"那尤氏一见了凤姐，必先笑嘲一阵。"而凤姐跟秦可卿又是闺蜜知己关系，我们可以推测下，尤氏和凤姐、秦可卿三人的年龄其实是相差不太多的，都是年轻女人。

可同为年轻女人，尤氏在贾府，被光芒四射、最讨贾母欢心的妯娌王熙凤和号称"贾母重孙媳妇第一得意之人"的儿媳秦可卿这对"出彩中国人"比照得黯淡无光。"袅娜纤巧"的秦可卿，不但在宁国府几乎抢走了婆婆尤氏的全部风头，甚至跟自己的公公还有说不清的关系！但是，自己并没有生过孩子的尤氏将秦可卿看作自己的女儿。秦可卿生病，我们看到的，是尤氏发自内心的心疼和焦虑：

他想要什么吃，只管到我这里取来。倘或我这里无有，只管望你琏二婶子那里要去。倘或他有个好歹，你再要娶这么个媳妇，这么个模样儿，这么个性情的人儿，打灯笼也无处寻去。他这个为人行事，那个亲戚，那个一家儿的长辈不欢喜他？所以我这两日好不心烦，焦的我了不得。（第十回）

能干女人之间的关系最难处理。在这里，尤氏是大度的、真诚的、善良的。

尤氏的温情，也体现在她对待下人的态度上。她是个会记旧恩、念旧情的人。

焦大在宁国府趁着酒兴当众撒泼，对自家主子破口大骂，把那句著名的最令人难堪的话"爬灰的爬灰，养小叔子的养小叔子"当着众人面骂出口。王熙凤就说尤氏"我成日家说你太软弱了"，要把焦大赶得远远的。尤氏还详细地跟王熙凤叙说焦大曾经对贾家先人的恩情，目前焦大这个样子，她只是冷淡处理，并没有对他下狠手。"常说给管事的，不要派他事，全当一个死的就完了。"对曾经有旧恩的老仆，虽然平日里有无数个理由和机会把他赶走，但尤氏没有，宁国府还会养着他。

王夫人抄检大观园，在惜春的丫头入画那里发现了她哥哥收着的东西。惜春觉得脸上无光，硬着心肠，要把入画赶走。

尤氏闻讯赶来，劝惜春不能太狠太绝："他不过一时糊涂了，下次再不敢的。他从小儿伏侍你一场，到底留着他为是。"

可是惜春对她的一番指责与断绝关系的撇清，让她彻底寒了心。犯错的，是惜春的丫鬟，为入画求情的，却是惜春看不上的嫂嫂尤氏。与惜春的"口冷心冷、心狠意狠"形成鲜明对比的，是尤氏对待下人的温情和仁慈。

宁国府的龌龊，尤氏是知道的，可是，这跟在大观园里的入画没有关系啊！惜春是未出嫁的姑娘，尤氏对她的难听指责更多的是隐忍，可是，惜春的不依不饶无端发作让尤氏也拿出了强硬的态度，立刻起身，"即刻就叫人将入画带了过去"，不再答话，直接走人。

尤氏一开始也没有想到，自己的温情和关心竟然会换来这种难堪。

不但对宁国府的人如此，尤氏对荣国府里的人也能做到温情相待。

王熙凤过生日，贾母带头，让各位都出银子凑来乐呵。这场生日，贾母让尤氏来给凤姐办。（可见，尤氏的办事能力，长辈其实也是有所了解的。）

同是当家女人，同知过日子银钱重要，尤氏和凤姐，在关于这场生日筹备的对话中，表现出了对人对钱完全不同的态度。

太太夫人们给凤姐出银子，她犹嫌不够，提出让赵姨娘和周姨娘也要出钱。于是，"尤氏因悄骂凤姐道：'我把你这没足厌的小蹄子，这么些婆婆婶子来凑银子给你作生日你还不足，又拉上两个苦瓠子作什么！'"

凤姐的回答很轻松："他们两个为什么苦呢，有了钱也是白填送别人，不如拘了来咱们乐。"

花别人的钱给自己高兴，凤姐毫不含糊，可尤氏并不这样。

面对得意扬扬的凤姐，尤氏告诉凤姐，为人不要太高调，不要太过分："你瞧他兴的这样儿！我劝你收着些儿好，太满了就泼出来了。"

尤氏估计了办事的大致花费后，把那些丫鬟凑的银子都还掉了。尤氏的善良和体贴别人的做法很让人感激。二两银子，是贾家一等大丫鬟一个月的例银，还有多少人等着用来过日子。若不是不敢违了老太太和王熙凤的面子，谁乐意轻轻松松地拿一个月的工钱来给人过生日？

王熙凤能干，她有本事把别人的钱拘了来。尤氏能体贴别人，她能想到别人的不容易。

她明确地表示对王熙凤一味搂钱的态度的不赞成："说着，把平儿一分子拿了出来。'我看着你主子这么细致，弄这些钱财那里使去，使不了明儿带了棺材里使去。'"在对待钱的态度上，尤氏看得更开些。

尤氏把鸳鸯、彩云和周姨娘、赵姨娘的银子都还了，后面两位还不敢收。尤氏道："你们可怜见的，那有这些闲钱。凤丫头便知道了，有我呢！"在这里，我们可以进一步认识尤氏，她不但会为人着想，而且有担当。

尤氏的办事能力在这里也得到了小小的体现。在把一部分银钱退还的情况下，尤氏把有限的银钱花得很漂亮："园中人都打听得尤氏办得十分热闹，不但有戏，连耍百戏的并说书的男女先儿全有，因而都打点取乐顽耍。"

至于后来因为贾琏趁机偷会女人，把好好一场生日会给闹混了，这是贾琏、凤姐夫妻自己的事情，跟尤氏无关。

尤氏对别人，哪怕是跟自己毫不相干的人，都能体会到不容易。这份善良和温情，在"恨不得你吃了我我吃了你"的人际关系中，是很让人动容的。

（四）
尤氏的委屈与报复

有着优秀的心智和才干的尤氏，在嫁给贾珍当宁国府夫人的时候，一定也对自己有着很高的期待。

可惜，贾珍、贾蓉，宁国府上上下下，是那个样子。尤氏面对着宁国府的一摊混乱，替丈夫和儿子顶着不堪的名声，小姑子惜春直接跟自己撇清干系，在长辈那里总是不如王熙凤能讨得欢心。在凤姐的比照下，她成了一个"软弱无能，没有口齿"的平庸的人，尤氏，她对自己失望过吗？

我想，她一定经历过很多难过或委屈的时刻，这些时刻，她要默默吞下。家里家外，她必须撑着。秦可卿死了，贾珍、贾蓉这些爷儿们，完全扶不起来。

一开始，尤氏和王熙凤的私人关系应该是挺不错的。同辈，差不多同龄，平级，都在当家，她们的关系比跟其他人的要亲热一些。她们两个之间毫无遮拦的对话，包括互相嘲笑和嫌弃，都说明了这点。

因为尤二姐的事，酸凤姐大闹宁国府，羞辱尤氏，还狠狠地敲诈了她一笔。然后，尤二姐被折磨得吞金自尽。

我们可以想象尤氏心中的变化。对王熙凤，她也需要发泄和报复。

有过一次报复。虽然一开始，尤氏并不是有意的。

贾母过生日，辛苦了办事人。

尤氏在荣国府给凤姐帮忙："这几日，尤氏晚间也不回那府去，白日间待客，晚间陪贾母顽笑，又帮着凤姐料理出入大小器皿以及收放赏礼事务，晚间在园内李氏房中歇宿。"

那晚，尤氏服侍贾母用过晚饭后，自己饥肠辘辘地去找凤姐吃饭，看到那边也正忙着没有吃。尤氏就很体贴地不麻烦平儿，说"我别处找吃的去，饿的我受不得了"。又累又饿的她，还不忘替人操心，"尤氏一径来至园中，只见园中正门与各处角门仍未关，犹吊着各色彩灯，因回头命小丫头叫该班的女人"，这才发现看家的婆子们只管自己分菜，到处无人值守。这里是荣国府，尤氏本来可以不管，但是，她是一个有责任心的女人，"这早晚园门还大开着，明灯蜡烛，出入的人又杂，倘有不防的事，如何使得？因此叫该班的人吹灯关门，谁知一个人牙也没有"。（第七十一回）

荣国府的婆子们得罪了尤氏，王熙凤把她们绑了送尤氏处理。可是，这两个婆子是邢夫人的人。本来就对王熙凤没好脸的邢夫人立刻借题发挥，当众给凤丫头难堪。这个时候，尤氏本应该站出来说明事情的原委，可是，她把自己撇得很干净，反而批评王熙凤太多事，在老太太千秋的时候捆人。

她说："连我并不知道，你原也太多事了。"王熙凤这次被王夫人当众批评，"由不得越想越气越愧，不觉的灰心转悲，滚下泪来"。

在长辈们面前，口才好、幽默可爱的凤姐一向要比尤氏更得脸，更讨人喜欢。但这一次，尤氏内心的阴暗终于发作了一次——这是她的报复。她真的憋了很久了。

（五）
尤氏是谁？

尤氏，一个在红楼中连名字都没有的女人。但是你看，她是撑着宁国府运营的那根柱子。尤氏，她绝不是一个平庸无能之辈，她是一个能撑得起家、镇得住场的当家女人！在我看来，精英奇才王熙凤的风格更多的是强硬，而尤氏更当得起另一个词——"刚柔并济"。也许，正是因为这份"柔"，掩盖了她自己的部分光彩。王熙凤是不折不扣的"女强人"，而尤氏，更多的是个"大女人"。

有重大的舞台演出时，为保险起见，都会有A、B角的安排。A角，是那个上场的第一人选，是尽情地表演、展示自己的那个，是头上顶着光环、怀中抱着鲜花的舞台中心，是观众的目光和掌声托起来的明星，是被大家羡慕、记住的那个人。B角呢？实力与A角旗鼓相当，在排练场上需要全程陪练陪演，功夫必须和A角一样做到位，汗水不会因为是B角而少流一滴。只是,上场的那个人,不是她。

红楼中,在管理家庭事务上,王熙凤是光彩照人的A角,而尤氏,是那个B角。

人人都想当光环下的A角。对于舞台表演来说,A角和B角可以轮着来,可是,人生呢?很多决定性的事情,只会发生一次。如果在那个时候,你发现自己其实是命运之手安排的B角,怎么办?

尤氏,心是高的,才是强的,可光环,不是自己的。没有娘家背景,没有长辈关系,没有讨喜的表现才能——王熙凤这些得天独厚的条件,她都没有。她就像一株被遗忘在墙角里的花。

尤氏是谁?她是家里长年累月围着锅碗扫把转、从来没有被表彰过的家庭妇女;是单位里守着一个岗位很多年,没有被捧红没有被注意到的普通人。光彩夺人的"××之星",轮不到她;领导面前受宠的红人,永远不是她。头顶光环的,毕竟是少数。尤氏,是"大多数"中的一个。

尤氏是谁?她可能是我们每一个人。曾经怀着满心的期待和理想,在现实中被磨掉了幻想和光彩的人。一步步往上走,成为众人眼中艳羡的"成功者",是成长;默默接受命运的安排,接受自己不会成为光彩照人的那一个,接受自己只是一个容易被遗忘的平凡的普通人,也是成长。

拥有鲜花和光环的人,毕竟是少数。更多的我们,曾经心高气傲的我们,曾经满怀闪光的梦想的我们,要学会接受的,是自己也是尤氏。

告诉自己,学会接纳,不但接纳命运的安排,更要接纳全部的自己,包括优势和长处,也包括弱点和无奈,所有的际遇,所有的平凡甚至平庸。

这个接纳的过程,是一个"大女人"的另一种修炼。"大女人"大在什么地方?大在深远的视野,大在开阔的心胸,大在温和的心怀,大在接纳所有的平静。更大在知道尊重每一个人,也包括自己的不可替代;大在理解每一个生命的独一无二。在生命的意义上,没有 A 角 B 角,没有不需要付出代价的光环,没有永远的宠儿,没有谁值得另一个人拿生命去模仿和复制——能看得见别人的好,也珍惜自己的好。

大在宽容。大在自信。

"女强人"牛气厉害,这很好;"大女人"平静温和,也很好。

第三辑　看来岂是寻常色

今生踏实的修行：史湘云的生命境界

红楼读者们，有特别爱黛玉的，有特别佩服宝钗的，这两派经常吵得水火不容。但是，很少有不爱史湘云的。

史湘云在书中的出场很晚，很容易被人忽略。第二十回里，元宵节过后，"且说宝玉正和宝钗顽笑，忽见人说：'史大姑娘来了。'宝玉听了，抬身就走"。就这么平淡一句。

可是，史湘云是《红楼梦》中一个非常重要的人物，虽然不常住贾府，但在红楼中她的分量，并不亚于林黛玉和薛宝钗。笔者认为，林黛玉和史湘云是两个真正走进贾宝玉生命中的人。

（一）

史湘云的性格：阳光、乐观，像一株向日葵

对于生于侯门史家的湘云来说，命运并没有给她多少温情和笑颜。

第五回中，关于湘云的判词，我们可以对她有个大致的勾画："富贵又何为？襁褓之间父母违；展眼吊斜晖，湘江水逝楚云飞。""襁褓中，父母叹双亡。纵居那绮罗丛，谁知娇养？幸生来，英雄阔大宽宏量，从未将儿女私情略萦心上。好一似，霁月光风耀玉堂。"虽然贵为"四大家族"中的侯门小姐，史湘云的生活其实并不如意。从小父母双亡，跟着叔婶度日。她在《红楼梦》中的出场都是在贾府里，都是短暂的小住。然而她更多的日常生活是什么样的呢？我们从一个个关于她的细节中了解并大致勾勒了出来。

端午时节，大热天里，史湘云在书中第二次来到贾家，和众姐妹已是"经月不见"。天气太热，贾母和王夫人让湘云把外面衣裳脱了。湘云回答说："都是二婶婶叫穿的，谁愿意穿这些！"短短几句话，我们就能够觉察到湘云实际生活的一个侧面。她在家几乎没有一点自由可言，她甚至连自己穿什么都不能决定。

袭人有次麻烦史湘云帮她做宝玉的鞋子，宝钗知道后，对袭人说："……我近来看着云丫头的神情，再风里言风里语的听起来，那云丫头在家里竟是一点儿作不得主。他们家嫌费用大，竟不用那些针线上的，差不多的东西，都是他们娘儿们动手。为什么这几次他来了，他和我说话儿，见没人在跟前，他就说家里累的狠。我再问他两句家常过日子的话，他就连眼圈都红了，口里含含糊糊，待说不说的。想其形景来，自然从小儿没爹娘的苦……""上次他就告诉我说，在家里做活计作到三更天，若是替别人做一点半点，他家的那些奶奶太太们还不受用呢。"（第三十二回）

袭人口中的："怪道上月我烦他打十根蝴蝶结子，过了那些日子,才打发人送来""要匀净的,等明儿来住着再好生打罢。"帮人做这样的活计,还不知道史湘云是怎么熬夜赶出来的。

虽然贵为侯门之后,可到了第四代的史湘云,生活已经不再是养尊处优。史湘云在自己家,不但针线活计要自己动手,甚至叔婶还让她接外面的活计来补贴家用!湘云在家天天干活到深夜,咬着牙帮着做点贾宝玉的活儿,还要看家里人的脸色。

我们可以看出,史湘云在自己家里的日子,是连贾府的丫鬟都不如的。贾家哪个丫鬟说过自己天天干活到三更?

在大观园的小住,是她珍贵的快乐时光。她不愿意跟姐妹们提起自己家里的生活,不想成为她们的"同情对象",她在努力保持自尊。更重要的是,她不想让灰暗的现实侵蚀她短暂珍贵的大观园生活。短短的小住时日,对她来说,就像美好的梦想。和姐妹们一起作诗、嬉闹的时光,她每一寸、每一刻都无比珍惜,充分享受。欢乐的记忆,美好的画面,会在史湘云心中被一遍遍回味、沉淀,成为温暖光明的珍宝。对欢乐的回忆和向往,使史湘云熬过了辛劳和灰暗的日子,让她无论在何时何地,都能对自己笑出声来。

所以,家里人来贾家接她回去的时候,"那史湘云只是眼泪汪汪的,见有他家人在跟前,又不敢十分委屈……"一时回身又叫宝玉到跟前,悄悄嘱咐道:"老太太想不起我来,你时常提着些,打发人接我去。"湘云在史家人面前,辛苦和心酸都不敢表露，无处倾诉。她不敢跟叔叔婶婶主动提到贾家住，只能眼巴巴盼着，老太太打发人去接她。可是老太太也不会总想起她，她只好求宝玉多提醒。这份巴望和心酸，我每每思之，不禁喉头哽咽，眼圈发红。

前八十回曹公并没有写到史湘云的命运结局。太虚幻境的簿册上，她的判词是："厮配得才貌仙郎，博得个地久天长，准折得幼年时坎坷形状。终久时云散高唐，水涸湘江。这是尘寰中消长数应当，何必枉悲伤？"似乎在告诉我们，史湘云终究拥有过一段舒心的梦想生活，但是，梦很快就会醒。

跟其他主子姑娘比起来，湘云更加懂得生活之苦之难。可是，她不抱怨自苦，不孤绝悲观。这个"憨湘云"，从小没有得到过父母的娇惯与疼爱，对苦难和委屈不敏感，而更愿意看到别人对自己的"好"。她阳光乐观的性格让她始终能够超越自身生活遭遇，看到生命中别人看不到的美。她积极地、热情地、踏实地、充满乐趣地生活着，活出了别人都没有的明亮可爱、热气腾腾的生命状态。

史湘云的性格中，有一种深深根植于人格之中的温暖力量，极其动人，即不哀不怨，随遇而安，真诚乐观，活在当下。这样踏踏实实的阳光性格，让书中只要有史湘云的画面，都那么精彩生动，明亮可爱。

（二）

史湘云的风度：是真名士自风流

史湘云的风流气度，在众姑娘中独树一帜，那是其他人无论如何都学不来的真性情和真潇洒，关于她的特写，让人一见难忘。

第二十回对史湘云的描述的第一句就是"只见史湘云大说大笑的"。与众姑娘不同，史湘云独具一份英雄气概，她的豪迈，一干男儿都不及。

高谈阔论，心直口快，她是个敢说敢讲的"话口袋子"；性格明快，正直爽朗，看到不平之事就挽起袖子嚷嚷着要去为人出头；喜欢做男儿打扮，风姿俊逸，她有着一份全书无人能及的"雌雄同体"的高级中性美。

"憨湘云醉眠芍药裀"是红楼中一幅极其独特美丽的画面，是一首无论男女读来都会醉倒的流动诗篇。"见湘云卧于山石僻处一个石凳子上，业经香梦沉酣，四面芍药花飞了一身，满头脸衣襟上皆是红香散乱，手中的扇子在地下也半被落花埋了。一群蜂蝶闹穰穰的围着他，又用鲛帕包了一包芍药花瓣枕着。"睡梦中口里还在唧唧哝哝地说她那唠叨复杂的酒令："泉香而酒冽，玉碗盛来琥珀光，直饮得梅稍月上醉扶归，却为宜会亲友。"湘云、芍药、酒香、诗词，在这幅画中完美融合，风流婉转，活色生香。这幅画，几百年来，在

《红楼梦》读者的心中成了永恒。无论何时想起，都会在心中漾起欣赏的笑意。

一夜大雪后的芦雪广。这个场景中的史湘云，又是一番不一样的高蹈与潇洒。

雪中行，更能衬托人物豪情。那天史湘云的雪中打扮，自是不同。看到史湘云，黛玉先笑道："你们瞧瞧，孙行者来了。他一般的也拿着雪褂子，故意妆出一个小骚达子来。""……越显得蜂腰猿背，鹤势螂形。"人都笑道："偏他只爱打扮成个小子的样儿，原比他打扮女孩儿更俏丽些。"

一个让人眼前一亮、惊喜不已的青春女儿形象啊！她从雪中走来，带着一股贯通中庭的勃勃英气！集俊逸、挺拔、矫健、清新、欢乐于一身！

她不但要尽情玩雪，还兴致勃勃地发挥想象力，干了件让众人瞠目结舌的事情——烤生鹿肉！这可把习惯了精细食物的府里众人吓了一跳：这哪里是小姐姑娘的做派！连最具诗人性情的林黛玉都嘲笑她："哪里找这一群花子去！……我为芦雪广一大哭！"

只听史湘云大笑回答她："我吃这个，方爱吃酒，吃了酒，才有诗，若不是这鹿肉，今儿断不能作诗""你知道什么，是真名士自风流，你们都假清高，最可厌。我们这会子腥大吃大嚼，回来却是锦心绣口。"

这个大胆做派，这份不羁豪情，在众人眼中，是多么的离经叛道啊！可是，我们在中国传统文化的长河中看，史湘云,这个无比可爱的姑娘,是用自己的热情创意和真性情,给被礼教禁锢了数百年的人们,淋漓尽致地展示了久违的魏晋风流!

在书中,史湘云跟"鹤"的形象几次连在一起。仙鹤是道家的典型代表,与仙鹤形象相连的史湘云,在骨子里,是个不折不扣的道家女儿。豪情、不羁、浪漫、洒脱,史湘云始终能够超越眼前的生活,拥有一份平庸众人想都没有想过的诗和远方。

(三)
史湘云的才气

说起写诗,很多人都会想起林黛玉这位大观园中的首席诗人。其实,史湘云也颇具诗才。

史湘云很爱作诗,第三十七回中,大家咏白海棠,没有叫上她,她就"急的了不得"。第二天被接到大观园里,马上就要入社作诗,并不计较大家前日忘了她:"容我入社扫地焚香,我也情愿。"生活中,她的文思创意最活跃,最有趣。宝玉几人的生日聚会上,唯有她的酒令,最复杂有趣,最好玩最有意思。她对作诗的热爱,处处可见。

真诚的热爱是卓越才气得以培育生长的土壤。史湘云有着出众的诗才,她才思敏捷,口风爽利。咏白海棠,她的文思惊艳四座。她一边跟人说话,一边构思的两首"咏白海棠",格调清新,典雅大方,让"众人看一句,惊讶一句,看到了,赞到了"。芦雪广联句,她一人大战黛玉、宝钗、宝琴三位公认的最出色诗人,毫无压力。中秋节,她在凹晶馆和"诗魂"林黛玉单独联句作诗,互诉肺腑。群芳共庆生日宴,唯独她的酒令最有创意最可爱。史湘云对诗的热爱,没有停留在诗社的纸上,而是渗透了她每日的一言一行、一呼一吸,成为她生命中活着的一部分。

大观园中有才华、会作诗的姑娘不少,但是,能跟最出色的诗人林黛玉进行诗歌和灵魂对话的,只有史湘云。

史湘云和林黛玉是一对"另类知己",她们之间的关系非常可爱可赏。有同寝一床的闺蜜亲密,也有热气腾腾的打闹和吵嘴。性格直爽的湘云嫌弃过黛玉小性儿,黛玉会因为湘云说她像戏子当场耍脾气,气得湘云收拾东西要回家。黛玉讽刺过湘云烤鹿肉像"一群花子",湘云针锋相对黛玉"假清高,最可厌"。可是,这些看似不和谐的小矛盾画面,恰恰在说明她们之间关系的真正状态——两人虽完全不同,但内心非常亲密。她们两个都是宝玉的发小,三个人的亲密和信任的程度,是后来的宝钗无论如何都无法实质性改变的。

那首让众人惊赞的"咏白海棠",是她心境的自我表白。"却喜诗人吟不倦,岂令寂寞度朝昏。"不要在无聊空虚中打发时光,珍惜生命啊,不许日子在寂寞中无谓度过。

"蘅芷阶通萝薜门,也宜墙角也宜盆。花因喜洁难寻偶,人为题秋易断魂。"不管身处什么样的环境,都要学会随遇而安,顽强生长。性格不要太清高孤绝啊,太孤清的生命很容易夭折。

第二天的菊花诗会上,史湘云和林黛玉这两位拥有高超才华和悟性的姑娘进行了一次诗歌交流,这是只有心灵知音才能够懂得的"隔空对话"。

黛玉在《咏菊》中孤芳自赏:
满纸自怜题素怨,片言谁解诉愁心。
一从陶令平章后,千古高风说到今。
在《问菊》中流露孤独:
孤标傲世偕谁隐,一样开花为底迟。
……
休言举世无谈者,解语何妨话片时。
湘云在《对菊》中呼应孤独:
数去更无君傲世,看来惟有我知音。
秋光荏苒休辜负,相对原宜惜寸阴。
在《供菊》中想象与知己并肩:
霜清纸帐来新梦,圃冷斜阳忆旧游。
傲世也因同气味,春风桃李未淹留。
她甚至在《菊影》中对未来有了预感:
寒芳留照魂应驻,霜印传神梦也空。
珍重暗香休踏碎,凭谁醉眼认朦胧。(第三十八回)

咏白海棠、菊花诗会、芦雪广联句、咏柳絮、中秋夜,她们两个人的诗歌交流有很多回。在这些表露真情实感的诗句中，史湘云和林黛玉互相打量着对方的灵魂，她们的内心，也越走越近。

林黛玉的诗，哀婉深沉，如泣如诉，是她敏感聪慧的心灵的情感流露；史湘云的诗，明亮开阔，积极乐观，是她阳光性格的直接描画。她们两个交相辉映，是大观园诗社中一对璀璨耀眼的诗星。

(四)

湘云的两个中秋之夜

跟史湘云紧密相连的，是两个中秋之夜。

第七十六回中，贾府那年的中秋之夜，无比凄冷。往年团圆欢乐的人，病的病，散的散，贾母带着几个人冷冷清清地听笛赏月，伤感落泪。就在这一晚，湘云和黛玉，这一对最具才情的诗人知己，给我们留下了极美的月下一幕。

在凹晶馆，史湘云真诚地宽慰心事重重的林黛玉："你是个明白人，何必作此形像自苦。我也和你一样，我就不似你这样心窄。何况你又多病，还不自己保养。"这时的湘云，已经完全理解了黛玉。她已经明白，每个人都不可避免地孤独，没有一个人的生活能够完全如意，没有一个人值得羡慕。生活的富贵安逸已经不会回头，聚久终要散，"天天说亲道热"的宝钗一家，也只顾自家团圆赏月去了。

可就在这样的现实下，湘云依然不改快乐的本性，她依然兴致勃勃地要尽情发挥，享受当下每一刻的快乐。两人面对着令人神清气净的皓然月色和粼粼水面，关于"快乐"的那段对话，实在很值得欣赏。

湘云说："怎得这会子坐上船吃酒到好。这要是我家里这样，我就立刻坐船了。"其实这个想法很有意思，以湘云的实际生活状况，就算在自家，她能想坐船就坐船吗？可是，我们可爱的湘云，是一个无论何时何地都能觉察生活之美、创造快乐、享受快乐的人。

当黛玉说"事若求全何所乐"，让她放弃坐船的想法时，湘云说："得陇望蜀，人之常情。……就如咱们两个，虽父母不在，然却也忝在富贵之乡，只你我就有许多不遂心的事。"

是啊，没有完全遂心如意的生活，可是，我们还是要给自己制造快乐。对于湘云来说，快乐的来源是什么？并不是别人看来的生活富贵，并不是事事称心，而是心中怀着美好的希望，踏实安定地活在每一个当下，随时随刻，她都能播撒快乐的种子。

之后的两人联句作诗，则更融入了命运预言的意味深长。

湘云句"药经灵兔捣"，黛玉接"人向广寒奔。犯斗邀牛女"，湘云接"乘槎待帝孙"。湘云句"寒塘渡鹤影"，黛玉接"冷月葬花魂"。

中秋之夜，一对知己在月下水边联诗的画面，在我脑海中被想象了无数遍。这两个贾宝玉生命中最重要的人，已经在各自的诗句里，说出了后来的安排：黛玉会离世飞升，而湘云，是那个乘船来"渡"他的人。

另一个中秋之夜，在87版电视剧《红楼梦》的最后一集里。关于史湘云的命运安排是这样的：

又是中秋月圆之夜，在一艘花船上，抄家被卖的史湘云忍着泪水，强颜欢笑，给几位老嫖客陪酒。月上东山，缓缓步入天庭。望着和那年相似的明月，她双手合十，对着月亮默默祷告。那一刻，身处绝境、人生毫无光亮的她在祈祷什么呢？为自己，还是为她牵挂的人？突然，对面的石桥上，出现了一个身影。他手里提着一盏灯，没错，是一盏琉璃绣球灯，她以前在大观园林黛玉那里住的时候，见过这盏灯，精致小巧，价值不菲，并不多有。提灯的人，一定是贾家的！她多想知道关于贾家的消息啊！可是，令她万万没有想到的是，那个提着灯的衣衫褴褛面目憔悴的叫花子，是她的"爱哥哥"！

花船要开走了，船上的人死命地把湘云往船舱里拖，湘云一边挣扎，一边对站在水中的贾宝玉撕心裂肺地喊："爱哥哥，赎我！爱哥哥，赎我啊！"

那一幕，我每次看，都忍不住泪流满面。那是怎样的重逢啊！覆巢之下，安有完卵，大观园诸芳流散，冷冷的白月光下，只剩下一个孤独寒微的贾宝玉，和一个在风尘中浮沉的史湘云。

电视剧里，是一个开放的结局。贾宝玉不可能赎史湘云，他自己本来就是一块"无材补天"的废料，能救赎她的，只有她自己。还好,虽然在风尘中飘着,史湘云毕竟还活着。活着,就是力量。活着,就还有希望。

(五) 史湘云的生命修行

不像从小就"心比比干多一窍"的林黛玉,也不比一出场就心智成熟得无懈可击的薛宝钗,史湘云曾经"憨"过,她有过懵懵懂懂的时候。她曾经稀里糊涂地跟着袭人劝宝玉去见贾雨村,"去常会会为官做宰的人们","学些仕途经济的学问,也好将来应酬世务"。结果,被贾宝玉当场冷面逐客。她对为人行事滴水不漏的薛宝钗有着发自肺腑的盲目崇拜,对宝钗给她的实际关心,她涕零感服,甚至拿着"完美"的宝姐姐来压讽黛玉。她曾真诚地红着眼圈说:"我天天在家里想着,这些姐姐们再没一个比宝姐姐好的。可惜我们不是一个娘养的。我但凡有这么个亲姐姐,就是没了父母,也是没妨碍的。"直到后来,她对宝姐姐的那份傻乎乎的热情才在对现实的领悟中渐渐冷却。

"憨湘云"在《红楼梦》中,有个从懵懂到开悟的过程。

在一个暮春时分,史湘云望着茫茫飞絮,意识到春之将去。她写下一首咏柳絮的小令:"岂是绣绒残吐,卷起半帘香雾。纤手自拈来,空使鹃啼燕妒。且住,且住,莫使春光别去。"内心亦敏感的史湘云,看到春天的离去,也想到生命的必然归去。所以，她说，要挽留，要珍惜。

林黛玉呢？"……漂泊亦如人命薄，空缱绻，说风流！草木也知愁，韶华竟白头。叹今生谁拾谁收！嫁与东风春不管，凭尔去，忍淹留！"

从这两个人咏柳絮的小令中我们可以看出，史湘云和林黛玉生命状态的区别。

林黛玉，前身为绛珠仙草，从灵慧敏感的天性中引领宝玉逐步领悟；史湘云，她没有前世的因缘，她是今生今世踏踏实实的修行：在生命的修行中领悟承受，修成大器的格局和境界。她们两个最大的区别在于，林黛玉时时刻刻都在面对死亡，思考死亡。以她的哲学气质，她一直在为必然会到来的死亡做孤独的期待和准备，在必要的时刻，她会选择用死亡来写就高洁傲世的生命诗篇。而史湘云，她要活着。活着，珍惜生命，温暖他人，通透明亮地活着，丰富繁茂地活着，不痴不迷地活着。黛玉时刻在准备死，湘云始终在践行生。

关于人的一生，史湘云在一个貌似信手拈来的灯谜中，表达了自己的思考和领悟："溪壑分离，红尘游戏。真何趣。名利尤虚，后事终难继。"她说，这个谜底，"却真是个俗物"——被耍的猴儿。此时的史湘云，已经从"憨"中悠悠醒来，开始思考关于人生的重大事情。是啊，茫茫红尘一场游戏，名利皆为虚幻泡影，人的生命，意义何在？会去往哪里？谁是那个耍猴人？被耍的，又到底是谁？啊，二哥哥宝玉，果然是那个一下就能猜出来的人！

从小的家庭经历，对生活的体验和领受，让史湘云早早地学会了看得开，放得下。她没有其他姑娘小姐们的骄娇脾气，她有独立生活的能力，渐渐地，她对别人也没有了太多的依赖和期待。不如意的生活磨炼了她，成就了她，她的内心在生的修行和领悟中慢慢变得强大而坚韧。她会从经历过的、看到过的一切中反思提炼，提炼出能在黑暗冰冷的生活中照亮内心、温暖生命的东西。因此，面对命运的转折，面对周遭的突变，史湘云有着书中其他姑娘都没有的胸襟和韧性，家破人亡的经历不会毁了她，漂泊卖笑的生涯不会污了她，她的内心，始终能够从这些中高高超越——"好一似，霁月光风耀玉堂"。

后来的史湘云，是一个对一切容得下、承得住的大器。

（六）
史湘云的境界

周汝昌先生在文章《脂砚痕清云未散，红楼影切梦犹香》中，表达了自己对史湘云的极度看重。他从前面的草蛇灰线中，从脂砚斋的批语中，分析出史湘云后来的结局："因麒麟伏白首双星"——被卖与卫若兰为奴的史湘云因见当年的麒麟，认准那是宝玉当年的旧物之后，伤心落泪，被追问之下，才被卫若兰发现是宝玉的表妹。后来经过多人援手和多重机缘，湘云和宝玉竟得于坎坷艰难后重逢。各自经历过家破人亡和空门撒手，彼此无依，遂结为患难中互相温暖陪伴的夫妻。

我认为周老先生的分析非常有道理。史湘云，是八十回之后对贾宝玉意义非凡的一个人。可除了周汝昌先生根据文中隐约伏线的推断，我觉得，从红楼全书的哲学主旨和精神境界上看，能和宝玉一起到最后的，也只有史湘云。

因为，只有她，是那个大器。

享受过富贵，经历过磨难，史湘云一直在做关于生的修行功课，在做生命状态的准备。才华和悟性让她越来越明白超脱，气度和胸襟让她更加沉静强韧。经历了家破人亡、流离被卖之后的她，大彻大悟，却没有遁入虚空。她依然对生命的美好有追求、热爱和牵挂。她会在更高的境界上真诚勇敢地热爱生命，这份热爱，会让她焕发出生命意志的光彩。

后来的史湘云，终于拥有了真正晴朗的性格，拥有了真正的水晶一般坚韧和通透的内心。一个人的内心和格局是慢慢修炼成的，在历经了挫折、伤害、不堪，如打铁炼钢时的淬火之后，心会变得无比坚强。同时，又变得无比通透温柔。史湘云会好好地活着，她会把一切遭遇都付之天命，她会用内心的光明照亮周遭的黑暗，她会活出新的辽阔境界，再大的坎坷，都不会降伏其心；再多的风尘，都不能玷辱其身。

至此，史湘云的生命格局，才得以形成。此时的史湘云，活出了《金刚经》里所说的境界——不忧不惧，辽阔光明。

自己生活并不如意的史湘云，英雄豪迈的史湘云，阳光真诚的史湘云，渐渐看透了人心世故的史湘云，不断体悟生命的真实的史湘云，把所有的遭遇都变为成全自己的力量的史湘云……她可能自己都不知道，她的性格、她的成长、她的修行，给身边的人，布下了光明的"不住相"的施。她以自己的生命修行状态，以自己的阔大、阳光、真诚和快乐，诠释了"不惊、不惧、不畏"，传递了发自内心的澄澈和光明、温暖和慈悲。贾宝玉是茫茫时空中"人"的生命遭遇的普遍象征，而史湘云，是那个来"渡"他的人，是那个最终温暖他、照亮他、陪伴他的人。

《红楼梦》中，佛光普照。

她会是个传奇：千金难得金鸳鸯

（一）

贾府中仆役成群，可要论地位最高的丫鬟，非鸳鸯姑娘莫属。

鸳鸯是贾母的第一贴身服侍丫鬟。如果把贾府比作一家层级复杂的大企业，那么鸳鸯的身份应该是董事长秘书，她是离最高管理者最近的人。鸳鸯的全部人生，几乎都在贾府里。她出生、长大在贾家，全家都在为贾家服务——父母都在南方给贾家看房子，哥嫂都是老太太的家奴。

鸳鸯是贾母身边的大红人。贾母无论在哪里，身边必有鸳鸯姑娘。

通过邢夫人的眼睛，我们看到鸳鸯姑娘的模样："蜂腰削背，鸭蛋脸面，乌油头发，高高的鼻子，两边腮上微微几点雀斑。"这是一个模样俏丽的姑娘。贾母从来不穿外面的衣服，能让贾母满意的穿戴都出自鸳鸯之手，由此我们可以想象下鸳鸯一流的针线功夫。所以邢夫人说："这些女孩子里头，就只你是个尖儿，模样儿行事作人温柔可靠，一概是齐全……"

贾母有多看重鸳鸯呢？鸳鸯不但是她的贴身服侍丫鬟，日常生活都由她打理照顾，还是她的私人财物主管，老太太的东西一概都由鸳鸯收管。陪老太太聊天打牌，游园听戏，鸳鸯还是老太太精神生活的一部分。多重一部分呢？凤姐一句话说得好："老太太离了鸳鸯半日，连饭都吃不下。"

作为老太太的贴身丫鬟，鸳鸯可不是一个被动听吩咐做事的人。她周全细致地主动为老太太操心着想，让老太太舒舒服服安安妥妥。贾母这样评论在她身边的鸳鸯姑娘：

"有鸳鸯那孩子还细心些，我的事情他还想着一点子，该要去的，他就要了来了；该添什么的，他就度空儿告诉他们添了。鸳鸯再不这样，他娘儿两个里头外头、大的小的，那里不忽略一点半点，我如今反到自己操心去不成？还是天天盘算和你们要东西去？"（第四十七回）

在老太太身边，鸳鸯姑娘不可替代，她了解老太太的习惯，明白老太太的标准，跟得上老太太的水平，超出老太太的期待。这样的一个人，极其难得。贾府那么多丫鬟，可称老太太心的就鸳鸯一个。"我凡百的脾气性格儿，他还知道些……这会子他去了，你们弄个什么人来我使？你们就弄个他这么大的一个真珠人来，不会说话也是无用。我正要打发人和你老爷说去，他要什么人，我这里有钱，叫他只管一万八千的买去，我只要这个丫头。"

老太太对鸳鸯的看重，鸳鸯手中的权力和个人的品行，让贾府的大小主子们都对她敬让三分。王熙凤过生日，尽管已经不胜酒力，但鸳鸯来敬酒，她还是乖乖地喝下满满一杯。鸳鸯的面子，从王夫人到各位姑娘小姐，谁都要给。另一位主子李纨就在众姑娘聚集的螃蟹宴上说："大小都有个天理，比如老太太屋里，要没那个鸳鸯如何使得？从太太起，那一个敢驳老太太的回？他现敢驳回。偏老太太只听他一个人的话，老太太的那些穿带的，别人不记得，他都记得。要不是他经管着，不知叫人诓骗了多少去呢！那孩子心也公道，虽然这样，到常替人上好话儿，还到不依势欺人的。"（第三十九回）常年站在老太太身边，贾府的鸳鸯，身上笼罩着特殊的光环。

阅人历事无数的贾母自己是个看人识人眼光极高极准的人，她所欣赏看重的鸳鸯姑娘，自有一种卓尔不群出类拔萃的美。

（二）

鸳鸯之美，美在公正无私，大气开阔。

鸳鸯是贾母最看重的人，可她从来没有利用这一点为自己要求过任何东西，从来没有在这个位置上挑拨过是非。跟着贾母，鸳鸯有着其他人都无法企及的开阔视野，能看到一般人都看不到的图景。人人都说琏二奶奶厉害刻薄，她能体贴理解到凤姐的委屈和无奈；人人只道老太太偏爱凤丫头、宝玉和黛玉，她能明白周围一干人的虎视眈眈和眼红嫉妒；她也能看到拥有"最高话语权"的贾母的力不从心。所以，鸳鸯姑娘说话行事周全大气，自是跟其他人不同。

也因为鸳鸯有着别人没有的高远视野，她的个人想法跟其他丫鬟们完全不同。鸳鸯的识见和眼光，跟打着算盘一心谋求姨娘之位的袭人之流完全不在一个高度上。她看得透，看得远："怪道成日家羡慕人家女儿作了小老婆了，一家子都仗着他横行霸道的，一家子都成了小老婆了。看的眼热了，也把我送在火坑里去。我若得脸呢，你们外头横行霸道，自己就封了自己是舅爷了。我若不得脸败了时，你们把忘八脖子一缩，生死由我去。"（第四十六回）所以，袭人会为有机会当上姨娘而在全家人面前沾沾自喜，鸳鸯却会强硬拒绝，"誓绝鸳鸯偶"。

鸳鸯之美，美在大方从容，风度翩翩。

"史太君两宴大观园　金鸳鸯三宣牙牌令"一回中，老太太一要行酒令，凤姐就首推鸳鸯："既行令，还叫鸳鸯姐姐来行更好！"于是，我们在文字中看到了这样一幅舒展优美的画面：鸳鸯姑娘面对着满满当当一屋子尊贵的太太夫人小姐们，口齿朗朗、落落大方："酒令大如军令，不论尊卑，惟我是主。违了我的话，是要受罚的。"此刻的鸳鸯，是一个即兴发挥、从容出色的风雅酒会主持人！这是一个多么令人欣赏的女性形象啊。好一个"金鸳鸯"！

鸳鸯之美，美在善良，美在会为他人着想。

贾母生日时，一向没好气却不敢发作的邢夫人终于找了个嫌隙，故意当着人给王熙凤颜色看，凤姐灰心转悲，憋屈落泪。这时候，也只有细心的鸳鸯看到了凤姐心中的委屈，找机会在老太太面前给凤姐讨了个公道。在众人聚集的场合，鸳鸯公平公正地表明自己的看法和对凤姐的体贴："罢哟！还提凤丫头呢，他可怜见的，虽然这几年没有在老太太跟前有个错缝儿，暗里也不知得罪了多少人。总而言之，为人是难作的……我怕老太太生气，一点儿也不肯说。不然我告诉出来，大家别过太平日子。"（第七十一回）

在书中，很巧合的，鸳鸯的做人的品质和性格，淋漓尽致地体现在两次"鸳鸯事件"中——"鸳鸯女誓绝鸳鸯偶"和"鸳鸯女无意遇鸳鸯"。两次，鸳鸯都拿出了决绝的态度，发了最狠的誓。

在对司棋的态度上，我们可以看到鸳鸯金子一般的内心品质。鸳鸯无意间撞见了趁天黑在园子里幽会的司棋和她的姑舅兄弟潘又安。鸳鸯虽然又惊又怕，内心突突，但还是没有叫嚷开，只对司棋说："你放心，我横竖不告诉一人就是了。"

倒是司棋回去后被吓出了重病。鸳鸯听说后，自己反过意不去，她亲自去看望司棋，把其他人支出去，对司棋没有任何指责威胁，反而自己发誓给司棋说："我要告诉一个人，立刻现死现报，你只管放心养病，别白糟蹋了小命儿""我又不是管事的人，何苦我坏你的声名，我白去献勤！"被宽慰了心事的司棋对她感恩戴德：

"从此后，我活一日，是你给我一日。我的病好之后，把你立个灵牌，我天天焚香礼拜，保佑你一生福寿双全。我若死了时，变驴变狗报答你。再俗语说，千里搭长棚，没有个不散的筵席。再过三二年，咱们都是要离这里的。俗语又说，浮萍尚有相逢的日，人岂全无见面时。倘或日后咱们遇见了，那时我又怎么报你的德行？"（第七十二回）

之所以如此详细地抄下鸳鸯与司棋的这段对话，是因为我一直觉得，这是一个重要的伏线。87版电视剧《红楼梦》中，王夫人抄检大观园时，司棋的事情被众人发现，被逐出了贾府，潘又安被吓跑，备受羞辱的司棋在大雨中一头撞死了。这是个我不太接受的剧情安排。司棋跟她的主子迎春正好相反，是个相当有主见、有想法、很强势的姑娘。她敢在园子里幽会，敢书信往来私订终身，说明这姑娘有着相当的胆量和魄力，有着主宰自己命运的愿望和勇气。这样的人，不会随随便便自己结束生命。"千里搭长棚，没有个不散的筵席"，这句话，从日后有精彩表现的小红口里说出来过，从一等一的精英秦可卿口里表达过，能有这样的见识，司棋有着很清醒聪明的头脑，不是那种会钻牛角尖走绝路的糊涂人。

所以，被逐出贾府的司棋会跟潘又安远走高飞，寻求自己的生活。而他们很可能还会和鸳鸯见面，甚至会成为日后鸳鸯的一线生机。这是我对八十回之后的想象，更是对鸳鸯的祝福。

(三)

贾府中人人看重的鸳鸯姑娘,在"誓绝鸳鸯偶"这件事中,体会到了真正的彻骨寒。

贾赦看上了鸳鸯,想收她做姨娘。这在一般人看来,是巴不得的好事,"那个不想巴高望上,不想出头的"?在鸳鸯这里,来说媒的邢夫人愣是碰了个硬钉子,鸳鸯死活不同意。恼羞成怒的贾赦和邢夫人让鸳鸯的哥哥嫂嫂都来软硬相逼,鸳鸯拿定主意铁了心:"别说大老爷要我作小老婆,就是大太太这会子死了,他三媒六聘的娶我去作大老婆,我也不能去。"

那一天,鸳鸯姑娘跪在贾母面前,清醒地、狠狠地发了最毒的誓:

"凭我到天边上,这一辈子也跳不出他的手中去,终久要报仇。我是横了心的……就是老太太逼着我,我一刀子抹死了,也不能从命。若有造化,我死在老太太之先;若没造化,该讨吃的命,服侍老太太归了西,我也不跟着我老子娘、哥哥去,或是寻死,或是剪了头发当姑子去。若说不是真心,暂且拿话支吾,日后再图别的,天地鬼神,日头月亮照着膁子,从膁子里头长疔,烂了出来,烂化成酱!"(第四十六回)

于是老太太震怒,邢夫人没脸,大老爷另找了小妾。这场抗争,看起来,鸳鸯赢了。可是,正是这场被逼到绝路的经历，让鸳鸯看清了自己的现实。位高权重的表象下，是孤立无援，是孤苦无依，没有一个人会为她着想。贾赦淫威相逼，其他人只考虑不要在老太太面前碰钉子丢脸面，哪怕是自己此刻唯一的依靠老太太，也只考虑自己有个可心好用的人来打理日常生活。所以，刚刚暂时脱离生死难关，刚刚剪了头发、发了毒誓的她，马上就要打起精神堆起笑脸，陪贾母上牌桌，想办法让她赢钱开心。威胁暂时过去了，贾母身边又响起了欢声笑语，凤姐又开始说笑话了，王夫人、薛姨妈又开始讨老太太欢心了。只是没有一个人，为鸳鸯的命运操过心。

（四）

站在高处一览全局的视野，被逼到绝路的经历，无助时的孤独与彻骨之寒，让鸳鸯比谁都清醒明白，她并没有其他更多的选择。老太太年事已高，可是鸳鸯，正当青春年少，她唯一的依靠，并不能长久。跟着贾母一日，她暂且有尊严一日；没了贾母，她立刻就会落入黑暗的深渊，无法逃脱的命运像沉沉黑云一样携着风雨雷电压过来，在被逼绝望的漫漫长夜里，在寒彻心扉的那一刻，她明白了自己身后空无一人。

体面地站在贾母身边的鸳鸯，看清了、看透了的鸳鸯，在贾府位高权重、人人敬让的鸳鸯，比谁都更知道自己毫无希望的未来长什么样子。87版电视剧中的安排是，鸳鸯在贾母去世后，与贾家全家一起下狱，看到主子仆人们一个个被拉出去卖掉，心如死灰，在狱中上吊，跟随老太太而去。

我曾对着书想象过八十回之后鸳鸯的命运。在这里，我总是存着一丝美好的幻想：鸳鸯没有死，虽然被卖了，但她的新主子上辈子修了点福气，看到这位卓尔不群的姑娘的独特的美；或者，"该讨吃的命"，沦为乞丐的鸳鸯遇到了远走高飞的司棋，成全了她的一线生机。

无论如何，我一直相信，如果鸳鸯能挺过去、活下来，她做人的本性和品质是不会变的，无论她走到哪里，遭遇了什么，她都会保持着高贵倔强的心灵和品格。只要能活着脱离贾府，对于鸳鸯姑娘来说，所有的经历和遭遇，都会让她更强大，都会是成全她日后人生的养料，如俄罗斯"诗歌的月亮"阿赫玛托娃，如成为一个世纪传奇的董竹君。

士为知己者死：风雨之中看小红

（一）

小红原本是大观园怡红院里的丫鬟，是管家林之孝的女儿。原名叫林红玉，因为名字犯了宝玉和黛玉，就隐了"玉"字，成了小红。众姑娘和宝玉搬进大观园后，园子里花红柳绿莺歌燕舞，书声朗朗春意盎然，成了一个青春女儿的自由天堂。小红，只是大观园众丫鬟中级别很低、极其普通的一个。

小红在《红楼梦》里的出场，和王熙凤一样，是"不见其人，先闻其声"。第二十四回中，一个很偶然的时刻，怡红院宝玉的贴身丫头们都出去了，口渴但不愿意让老婆子进来的他只好自己拿碗倒茶，只听到一个声音："二爷，仔细烫了手，让我们来倒。"然后，一个穿衣打扮很一般细看却不凡的丫鬟出场了。（宝玉）仔细打量，"那丫头穿着几件半新不旧的衣裳，到是一头黑鬒鬒的好头发，挽着个髻，容长脸面，细巧身材，却十分俏丽干净"。后来，王熙凤第一次看到小红的时候，也是同一个形容："见他生的干净俏丽，说话知趣。"

这是一个聪明的姑娘。

可小红在怡红院里过得一点都不开心。怡红院里尽管主人贾宝玉率性随和，可丫鬟们之间的等级划分是非常严格的。小红是个烧炉子、喂雀儿、扫地的粗使丫鬟，连偶尔给宝玉倒一回茶都会被秋纹"兜脸便啐了一口"，被骂"没脸的下流东西"。怡红院唯一的主子被袭人、晴雯、麝月、碧痕、秋纹等包围得严严实实，哪里容得下小红半点接近？宝玉生病，照顾他的丫鬟们都得了赏，可是，根本没有人注意到小红的存在。

秋纹啐她骂她，晴雯训斥她，连描花样子的笔都欺负她——全是秃的。正值青春年华的小红看不到任何希望，她灰心丧气、低落抑郁，甚至生了病。但是，小红在低落中没有放弃过任何一个可能改变命运的机会。终于有一次，小红耳聪目明地抓住机遇，给王熙凤办一回小事就以惊人的记性和口才给王熙凤留下了深刻的印象，以至于惜才的王熙凤直接点名，把小红从怡红院要到了自己身边。从此，龙归大海鸟入林，跟着凤姐走的小红不会再回头。

而另一方面，她大胆地和贾芸交换汗巾传情，成就了大观园里清新活泼的自由恋爱的唯一正果。

小红，在很多《红楼梦》分析里，是一个底层丫鬟成功逆袭，全靠着自己的努力，收获想要的爱情，成为高管助理的"事业爱情双丰收"的人生励志典型。"山不过来我过去"，小红积极主动的努力精神，充满了正能量。

(二)

可我想说的重点是，抄家后风雨乱世中的小红。

大厦将倾的时候，贾家上下将会面临什么样的遭遇，当家人王熙凤心里比谁都清楚。她也知道，自己曾经做过什么事情，"生前心已碎，死后性空灵"，所以，她自己并没有一丝逃出生天的指望，该来的总会来。她唯一放不下的，就是女儿巧姐，孩子还那么小，她不应该承受那些惩罚。

87版电视剧《红楼梦》中，王熙凤在抄家来临之前决定送巧姐到舅舅家去。已经在绝境中的王熙凤还是很谨慎的，她怕人太多动静太大会引人注意，就做了一个大胆而明智的决定，让小红一个人带巧姐走，高高兴兴地、悄悄地"去舅舅家玩"。这是何等的信任和托付啊，王熙凤把她今生最重要的事情、她唯一的希望，托付给了小红。

可是小红能带着巧姐去哪儿呢？几大家族一荣俱荣一损俱损，甄家、史家、薛家都已经抄家的抄家、获罪的获罪。覆巢之下，安有完卵，王家能无事吗？王家会护巧姐吗？大难临头，群魔乱舞，那些卑鄙的、阴暗的、平时不敢出来见天日的人，都在做乱世一博。所以，小红带着巧姐，是走不脱的。她们被巧姐的狠舅奸兄分别卖掉了。

很快地，贾家被抄了，重要主子戴枷入狱，丫鬟奴才统统当街卖。单独落难的小红被人塞着嘴巴，被人贩子偷偷运送到一个马贩子手里。与此同时，贾芸正在拜托江湖朋友"醉金刚"倪二到处寻找小红的下落。命运总是充满了意想不到的巧合！马贩子不敢买小红，于是，人贩子把小红带到了倪二面前。被松开嘴巴的小红对着倪二磕头哀求："求求您了大爷，求您行行好，把我送回牢里去吧……"

"你是小红？"

小红自由了。可她并没有远走高飞，她和贾芸相依为命，开始为照顾和营救自己的主子奔走努力。

（三）

在倪二和贾芸的协助下，小红到羁候所牢里看望了王熙凤，也在那里见到了闻讯赶来的刘姥姥。王熙凤是贾家要犯，人人唯恐避之不及，来看她的，也只有小红和刘姥姥。当小红被催着快走的时候，她突然转身，做出了一个谁都想象不到的决定：

"不！我不走了！我是府里的家生奴才，伺候主子是我的本分。二奶奶待我恩重如山，可我对不住二奶奶，把巧姑娘给……这会子主子遭了难，我只顾自己去了，成什么人了！……宝二爷，那年在怡红院，我给宝二爷倒了一次茶，秋纹姐姐、碧痕姐姐说我厚脸下流，正经活儿不干专等着巧宗儿。后来，又给琏二奶奶送了一回东西，晴雯姐姐刺打我，说我爬高枝儿去了。如今，她们都不在了，这个巧宗儿，这

个高枝儿，就让我都占了吧！"（电视剧《红楼梦》，1987年）

这段话，每次看，都震撼到落泪。

有人批评过这段话，批评小红身上根深蒂固的"奴性"，说她作为丫鬟无法摆脱的"阶级认识局限"。其实，完全不是这么回事。批评者，完全没有理解小红的心性，没有理解王熙凤和小红的关系。

她们之间的关系，早就超越了主子和奴才。

小红说，"二奶奶待我恩重如山"。凤姐给小红的，是知遇之恩。对于在怡红院处处碰壁受压受限的小红来说，凤姐发现了她，让她跟了自己，是她真正地成长、追寻更好自我的开始。

小红和怡红院里的其他丫头们不一样。当袭人和秋纹在为得了王夫人的赏赐而沾沾自喜的时候，在晴雯"痴心傻意，以为横竖都在一处"的时候，小红已经清醒而有识见地知道，"千里搭长棚，没有个不散的筵席""不过三年五载，各人干各人的去了，谁还认得谁呢"。这句话，见识丝毫不亚于《红楼梦》中一等一的人物秦可卿给精英王熙凤的托梦"三春去后诸芳尽，各自须寻各自门"。她思维敏捷、记性和口才惊人，她头脑清晰、进退有度，她积极主动、敢于追求自我。这样的人，不管是什么身份，骨子里其实都很骄傲，对自我成长和创造的要求比一般人都要高。只可惜，在怡红院，她的这些优点才能都用不上。那里没人看到她的价值，这些优点在那里的人眼里，是"不谙事"，是"妄想痴心"。就算她找机会接近了贾宝玉一次，他也不识她。一眼能识小红价值的，只有眼光独到的精英王熙凤。

所以，当王熙凤问她愿不愿意跟自己时，小红回答："……只是跟着奶奶，我们也学些眉眼高低，出入上下，天下的事也得见识见识。"很多人，说小红有心计，会说话，可我觉得，这句话，是小红内心深处真实的想法和愿望——让我见识，让我成长。

小红在怡红院的时候，这个十六岁的青春女儿，为什么会心灰意冷，低落抑郁，甚至说出"不如早些死了干净"的话？因为在这个小丫鬟身上，有一个非常难得的创造性人格。对于这样的人来说，没有成长、没有创造、没有主动发挥，她就感受不到自己生命的力量，她就如同行尸走肉，她就生不如死。而这，正是在怡红院里小红的状态。

所以，王熙凤把小红带到自己身边，对于小红意味着什么？

意味着全新的生命，活泼泼的、焕发着光彩的生命。小红活过来了。小红开始在更高级的平台上迅速成长，小红有了随时观察和学习的对象，小红有了发挥自己才干的机会。从此，小红将站在王熙凤的身边，在更高层面上经历贾府的风风雨雨。王熙凤的赏识和重用，激发了小红内心强大的力量，她变得强大而自信。王熙凤的精明强干，是小红想成为的样子，是小红的理想。王熙凤的光彩照亮了小红，小红也开始有了自己的光彩。这是两团光的融合，是生命层面上的融合。

心理学家、哲学家弗洛姆在《自我的追寻》中说，幸福是一项巨大的人格成就，是人全力从事本身及外界创造性工作的成果。要想获得幸福和愉快，绝非享受最轻松的生活，而是担当个人最艰巨的使命，彻底发挥创造力。因此，在与王熙凤的生命融合中，小红能感受到自己的力量和人格成长，感受到真正的、任何人都无法剥夺的幸福。她创造了自己的人格，王熙凤成就了她。

所以，无论如何，小红都不会丢下王熙凤。无论她是豪门大厦中呼风唤雨的当家夫人，还是已经沦为阶下囚的奄奄一息的垂死之人，在小红的眼里，王熙凤都是那个给了她成长机会、给了她真正的生命、给了她无与伦比的幸福感的人。所以，小红对凤姐，会在风雪中的羁候所里，说出那番感天动地的话。对王熙凤，她会不离不弃，她愿舍身相随。士为知己者死！

人的一生中，会跟很多人交往和重叠，可是，能有几人在生命和灵魂的深度上融合！

风雨之中看小红，我们可以预料，曹公费了这么多心思塑造的精彩人物，一定会在书中有极其精彩的表现。王熙凤死后，她会和刘姥姥一道，发挥她的聪明和能干，救出巧姐——那是王熙凤这一生唯一的希望，是她生命唯一的延续。

风雨之中看小红。风雨中，那一道红，那么鲜艳，那么精彩，那么真，那么重。

温润的英雄主义：平儿的人格魅力

(一)

平儿是我非常敬服的姑娘。

平儿，是王熙凤的心腹，是贾琏的侍妾。她在《红楼梦》中的出场是林黛玉进贾府的那天，跟着王熙凤。但是书中对她的正式描写，是从刘姥姥第一次进贾府开始的。从第一句开始，她的身份就比其他丫鬟特殊："凤姐的一个心腹，通房大丫头名唤平儿的。"平儿的形象非常体面，在刘姥姥眼中，平儿姑娘"遍身绫罗，插金带银，花容月貌"，还以为是凤姐。

贾府里丫鬟仆役成群，但在众人眼中，级别最高、最重要的，当属鸳鸯和平儿。鸳鸯是贾府最高统治者贾母的贴身助理，她所处的位置，连贾政、王夫人和邢夫人他们都不免敬让三分。但是，平儿没有这个地位。平儿的主子王熙凤，在贾府里尽管威风，可实际上只属于负责具体事务的中层管理者，上承老太太和夫人们、老爷们的欢心和信任，下要把多如牛毛的大大小小里里外外具体事务厘清办到位，把形形色色各种奴才管事人治理得井井有条。因此，王熙凤这一层，工作其实是最辛苦、最艰难的。精明能干如她，也有憋屈落泪、无法控制的时候。平儿，就是这样一个强干中层的亲密心腹和贴身助理。

平儿是王熙凤自幼的丫头，当时陪过来的四个，就剩下她一个。有王熙凤的地方，就有平儿，平儿是她的左膀右臂，她的眼耳口腿。王熙凤的命令，去跟一帮管家仆人吩咐执行的，是平儿；王熙凤在外面放贷捞外快，负责收款放钱的，是平儿；王熙凤病倒的时候，顶着的，还是平儿；探春理家，要从王熙凤这里开刀改革，周全应对、积极配合的，还是一个平儿。王熙凤有多辛苦，平儿只有更辛苦；王熙凤的压力有多大，平儿的工作只有更艰难；况且，平儿是贾琏唯一的侍妾，正房夫人王熙凤在这方面的心胸和性格并不十分可爱，平儿在房内还要面对"凤姐之威，贾琏之淫"，帮忙做家务，带孩子。

这，就是平儿的大致生存处境。有多忙碌，有多为难，承受着多少生存压力，吞咽过多少夹板气，我们可以想象。

（二）

平儿在贾府，从上到下，有口皆碑，没有人挑得出她的不是。

平儿好在哪里？

平儿善良又聪明。

贾宝玉看她:"且平儿又是个极聪明的人,极清俊的上等女孩儿,比不得那起俗蠢浊物……""平儿并无父母兄弟姊妹,独自一人,供应贾琏夫妇二人,贾琏之俗,凤姐之威,他竟能周全妥帖……"(第四十四回)

贾琏的小厮兴儿对尤二姐说:"到是跟前的平姑娘为人狠好,虽然和奶奶一气,他到背着奶奶常作些个好事。小的们凡有了不是,奶奶是容不过的,只求求他去就完了。"(第六十五回)

连跟贾琏私通鬼混的女人,都在背地里称赞平儿。

王熙凤是红楼中一等一的精明强干人物,能完美配合她的,只有平儿。王熙凤在贾府处处树敌,暗地里抱怨她的人为数众多,可是,跟她一体的平儿却能做到人人称赞。

平儿的善良,最是体现在如何对待尤二姐上。

王熙凤别有用心地把贾琏在外面偷娶的尤二姐"赚入大观园"后,暗暗开始了对其的虐待和折磨。家里的仆人奴才们,在王熙凤的授意下,"除了平儿一人,众丫头媳妇无不言三语四,指桑骂槐,暗相讥刺"。连给尤二姐每日吃的饭菜,都是剩的臭的。软弱的尤二姐不敢言,这时候,只有平儿对她伸出了善意的手:"平儿看不过,自拿了钱出来弄菜与他吃,或是有时只说与他园中去顽,在园中厨内另做了汤水与他吃。"

在王熙凤的"安排运作"下,尤二姐在大观园里孤身一人陷入绝境。平儿的善良,成了尤二姐生命中唯一的温暖和安慰。"众人见贾母不喜,不免又往下踏践下来,弄得尤二姐要死不能,要生不得。还是亏了平儿时常背着凤姐,看他这般,与他排解排解。"除了背地里的善待和劝解,平儿还勇敢地站出来指责那些虐待尤二姐的丫鬟仆人:

"一个病人,也不知可怜可怜。他虽好性儿,你们也该拿出个样儿来,别太过迁了,墙倒众人推。"(第六十九回)

尤二姐吞金自尽的前一天晚上,哭着对平儿表达了发自肺腑的感激。"我从到了这里,多亏姐姐照应。为我,姐姐也不知受了多少闲气……"她的人生已经走上绝路,她的世界只剩下黑暗和冰冷,平儿的善良,是她在贾府感受到的唯一的温情。

(三)

平儿为人行事都带着大局观和脉脉温情。

发现宝玉房里的小丫鬟坠儿偷东西之后,平儿想到的是,怕上面和相关的人知道了会生气和难堪,特别是怕伤了"偏在你们身上留心用意争胜要强"的宝玉,就毫不声张,只是单独找了麝月悄悄处理:"以后防着他些,别使唤他到别处去……变个法子,打发出去就完了。"她还生怕暴脾气的晴雯知道了会张扬,所以才特意找了理智稳重的麝月:"晴雯那蹄子是块爆炭……依旧嚷出来不好。所以单告你留心就是了。"

她的这番苦心,被宝玉偷偷听到了,"又喜又气又叹。喜的是平儿能体贴自己……"顾全大局的平儿,不肯为了自己一个镯子闹出是非来的平儿,细心体贴为人着想的平儿,是多么让人欣赏啊!

第六十一回中,连接发生了几件丫鬟仆人小偷小摸的事情。凤姐在病中,平儿代替她处理这些。平儿的温情和大局观在对这些矛盾和冲突的处理方式中体现得极其深刻。

平儿通过暗暗查访,弄清了几件事情的真相,确认了偷东西的人。人赃俱获、有凭有据,如果这个时候平儿按照凤姐的风格把事情从重处理,并不过分。况且,她还能趁此机会给自己立立威。可是,平儿并没有这样做,她选择了"情权"。

平儿说:"这也到是小事,如今便从赵姨娘屋里起了赃来也容易,我只怕又伤了一个好人体面。别人都别管,这一个人岂不又生气?我可怜的是他,不肯为打老鼠伤了玉瓶。"品行不堪的赵姨娘一直是探春心中的痛,确认赵姨娘为贼,就会刺伤了探春的自尊心。此时,探春对凤姐的管理方式正在进行不留情面的改革,跟凤姐一体的平儿若拿此事给探春看,探春也无话可说。可是,平儿的处理方式,顾全大局。她把偷东西的两个人叫过来,准确地重重敲打警告一下,然后把恨不得趁机兴风作浪的管家林之孝家的叫过来,让她不要借机闹事:"大事化为小事,小事化为没事,方是兴旺之家。若得不了一点子小事,便扬铃打鼓,乱折腾起来,不成道理。"

此刻的平儿，魅力四射。她守得住公正，识得清大体，顾得全局面，维得住和谐，保得住人情。

（四）

平儿懂事体贴。

平儿的懂事，是她和王熙凤的相处之道。凤姐过生日那天，被人多敬了几杯酒，喝得有点多，中途出来想回家休息一下，对凤姐无微不至的平儿赶紧跟了出来，不料正好发现贾琏正在家里跟别的女人鬼混。

凤姐听到贾琏和鲍二家的都赞平儿，一怒之下打了她，闹起来的贾琏也打平儿出气，可怜的平儿无端又受委屈又挨打。几个人一通大闹到了贾母那里。老太太在安慰凤姐、批评贾琏之后，又命凤姐去安慰最受委屈的平儿。在这个场合，平儿知道，无论自己有多么占理，无论心中有多大的委屈，无论贾母怎么给她面子，她都要退让，都要维护主子的面子和场面的和谐。所以，"平儿忙走上来给凤姐磕头，说：'奶奶的千秋，我惹了奶奶生气，是我该死'""我伏侍了奶奶这么几年，也没弹我一指头，就是昨儿打我，我也不怨奶奶……"这番话，让凤姐都又惭愧又心酸地落了泪。我想，那一刻，在场所有人都会在心里赞一下平儿的懂事吧。

哪怕是事后，凤姐单独跟平儿道歉，懂事的平儿都不会让凤姐有什么心理负担。"凤姐心中虽不安，面上只管佯不理论,因房内无人,便拉平儿笑道:'我昨儿灌丧醉了,你别埋怨,打了哪里?让我瞧瞧。'平儿道:'也没打重。'"俏丫鬟,好平儿,李纨有句话说得对,你是凤姐的造化。

(五)

平儿忠诚。

平儿作为凤姐的"一把总钥匙",对她完美配合、绝对忠诚的同时,还有着超越性的表现。

在凤姐病倒,探春、宝钗和李纨一起暂时理家的时候,平儿作为"前任的心腹",在此刻的表现,让人欣赏,让人佩服。

探春要实行改革,把多年来的冗余花费和重复开支一概免掉,这里面相当一部分开支,其实是凤姐平日里的"维稳经费"。探春的改革措施,必然挑战凤姐。凤姐听了平儿的汇报,在极有心胸地夸赞了探春的精明厉害之后,特意嘱咐平儿,不要在此刻为了维护自己而顶撞探春。

平儿不等说完,便笑道:"你太把人看糊涂了,我才已经行在先了,这会子又反嘱咐我。"凤姐笑道:"我是恐怕你心里眼里只有我,一概没有别人之故,不得不嘱咐。既以行之在先,更比我明白了。"平儿的妥帖周全和聪明主动,让凤姐省事安心。

在协助探春三人落实改革措施的时候,平儿一方面要维护凤姐的尊严和权威，另一方面要积极配合探春的想法。她应对的口才和周全平衡的艺术，让最会做人的薛宝钗都毫不吝辞地高度赞扬：

"你张开嘴我瞧瞧，你的牙齿舌头是什么作的？从早起来到这会子，你说了这些话，一套一个样儿，也不奉承三姑娘，也没见说你奶奶才短想不到，也并没有，三姑娘说一句，你就说一句是，横竖三姑娘一套话出来，你就有一套进去，总是三姑娘想的到的，你奶奶也想到了，只是必有个不可办之故。……他这远愁近虑，不亢不卑，他奶奶便不和咱们好。听了他这一番话，也必要自愧的好了，不和的也便和了。"（第五十六回）

我每次读到这里，都对这幅"不亢不卑"的画面赞叹一句：好个平儿！好有福的凤姐！她有这样一个平儿！有这么忠心赤胆的维护！平儿做得这么聪明！这么艺术！

（六）

平儿不像其他姑娘，她不作诗，不念佛；她不像袭人，还有一份攀爬之想。她的人生之路几乎已经完全写好：之前，她是陪嫁丫鬟；后来，她是贾琏的侍妾，和主子王熙凤成了命运共同体。命运几乎不让她对未来有什么想象和追求的空间。对她来说，一切都是定局。她有的，只是一天到晚要协助王熙凤处理的无穷无尽的大小事务。可是，平儿在完美配合凤姐的同时,还能守得住自己良善的底线,传递出人情的温暖。她有头脑有心智,在"凤姐心腹"这个身份上,她能主动做出超越性的表现。坚韧的温情,心地的善良,平衡的艺术,都在这个聪明善良的女孩身上完美体现。凤姐的优点与缺点都明显并存,而平儿,从能力到性格,从头脑到品行,平衡完美,正应了她的名字"平儿"。这样的品格和性情,让她在凤姐这个精彩的人物身边,依然能拥有属于自己的、独一无二的人格魅力。

这份魅力,让平儿身上依然焕发着动人的独特光彩,那是人性的光彩,是美和善的光彩,是勇敢的光彩。这种由内而外的光彩,不明艳,不刺眼,不像晴雯那样耀眼夺目,没有鸳鸯那般高蹈大气,平儿的光彩,温润和婉。

世界上只有一种英雄主义,那就是认清生活的真相后,依然热爱生活。勇敢地面对人生残酷的现实和真相,依然热情而踏实地尽个人的最大努力,给这个世界增加一些温柔和光亮。平儿姑娘,在严酷的生存环境中,坦然接受自己的命运,默默承担最大的责任,聪明而勇敢地周旋于压力之下,不曾有怯懦和逃避。在这个意义上,平儿活出了少有的英雄主义。她在不存在更多希望、没有什么个人期待的环境里,不但活了下来,而且把自己变成了一团火焰、一股清泉、一棵小树。她不仅最大限度地活出了自己的尊严和品格,她还温暖、庇护和成全了别人。

平儿很伟大。

看来岂是寻常色：值得欣赏的寒门姑娘邢岫烟

（一）

红楼女儿，个个薄命。前八十回中，曹公有没有给哪位姑娘安排如意美满的婚姻呢？有。唯一的一桩，他安排给了邢岫烟。

邢岫烟是书中一个很小很不起眼的角色，出场晚，次数少，关于她的笔墨并不多。可是，为什么她的运气格外好呢？这么不起眼，这么好的安排。于是，把关于邢岫烟的文字连起来细读，这才发现，她的运气绝非偶然。曹公对她，是非常欣赏，甚至特别偏爱的。

邢岫烟是邢夫人的侄女，父母因为家中艰难，上京投奔邢夫人，她这才有了走进大观园的机会。邢夫人是贾赦的续房夫人，无儿无女，且为人浅薄自私，在贾家上下并不得脸。岫烟进大观园的时候，根本没有人把她当回事。

她跟薛宝琴一天进的贾府，一起第一次见贾母。贾母对宝琴欢喜非常，亲热疼爱，相比之下，岫烟多么受冷落啊！贾母一边留宝琴跟自己安寝，一边对邢夫人说："你侄女儿也不必家去了，园里住几天，逛逛再家去。"这是典型的亲戚之间的客气话。所以，邢岫烟就被对贾母态度心领神会的王熙凤安排去跟大观园里存在感最弱的迎春一起住。

岫烟的长相如何呢？宝玉那天见了一起走进大观园的四个姑娘——薛宝琴，李纨的两个妹妹李纹、李绮和邢岫烟。回到怡红院跟自己的丫鬟们说："你们成日家只说宝姐姐是绝色的人物，如今你们瞧瞧去，他这妹子还有大嫂子的两个妹子，我竟形容不出来了……"宝玉平日里是最关心女儿们的，他居然对邢姑娘只字未提，如同没有看见！我们可以推测下，邢岫烟的长相有多么平凡和不起眼。

家境艰难，相貌平平，靠山不堪，备受冷落（简直是无视），这就是穷姑娘邢岫烟走进富贵人家时的标签。

可是，我们来看曹公对邢姑娘的用词和用字，却是在不多的笔墨里，透露出无限欣赏和看重。极具用心的密集用字，让人吃惊。

曹公写邢岫烟进贾府的过程中，"……他们如何凑在一处，这可是奇事""可巧凤姐之兄……""看他二人恰是一对天生地设的夫妻……""如今却是人意料之外奇缘，作成这门亲事。"

她的生日，也是曹公一个特意安排的巧合。四个人——宝玉、宝琴、平儿和岫烟的生日在同一天，那天从早到晚，大观园里举行了最热闹欢乐的生日派对。

岫烟在大观园巧遇旧交妙玉，"如今又天缘凑合，我们得遇，旧情竟未易……"

宝玉在不知如何回复妙玉的生辰拜帖时遇到了岫烟："如今遇见姐姐，真是天缘凑巧……"

在《枉凝眉》中为宝黛二人叹"若说有奇缘，如何心事终虚化"的时候，在宝钗的诗中明确说出"琴边衾里总无缘"的时候，曹公偏偏如此密集地给邢岫烟安排了这么多的"天缘"和"凑巧"。这还不够，曹公还意犹未尽地在作诗时分给她一个极其重要的字——芦雪广咏红梅花时，"邢大妹妹作'红'字……""红"字在曹公那里，分量有多重啊！《红楼梦》！怡红公子！绛珠仙草！林红玉！曹公只把"红"字送给他最偏爱的人物，其中就有邢岫烟。

(二)

通过如此多的天缘凑巧，曹公给邢岫烟安排了一桩美满如意的婚姻。

"因薛姨妈看见邢岫烟生得端雅稳重，且家道贫寒，是个钗荆裙布的女儿……忽想起薛蝌未曾娶亲，看他二人恰是一对天生地设的夫妻……"便请贾母出面，做成这门亲事。

薛家根基不错，且现今大富。而薛蝌本人的人品如何呢？我们可以从贾宝玉见过他之后的评论中想象："谁知宝姐姐的亲哥哥是那个样子，他这叔伯兄弟形容举止另是一样了，倒似宝姐姐同胞一样似的。"宝钗的相貌和举止书中处处有具体描述，我们可以比照着想象下薛蝌，应该是一位容貌俊美、举止端方，有着很好教养的年轻公子。

最为难得的是，薛蝌和岫烟在上京进贾府之前，"可巧"一路同行，彼此了解过对方的人品，"二人心中也皆如意"。"却是人意料之外奇缘"，贫寒的邢岫烟的婚姻，美好如意。

（三）

外貌平平的邢姑娘，有着什么样的品性气质，让她得到了这样的安排？

在最具识人眼光的王熙凤看来，"岫烟的心性行为竟不像邢夫人并他父母一样，却是个极温厚可疼的人。因此凤姐反怜他家贫命苦，比别的姊妹们多疼他些"。

在看人行事最老到的薛宝钗眼中：

幸他是个知书达礼的，虽有女儿身分，还不是那种伴羞诈愧一味轻薄造作之辈。宝钗自见他时，见他家业贫寒，二则别人之父母皆是年高有德之人，独他父母偏是酒糟透之人，于女儿分中平常，邢夫人也不过是脸面之情，亦非真心疼爱，且岫烟为人雅重……（第五十七回）

在贾宝玉眼中，"竟知姐姐不是我们一流的俗人""怪道姐姐举止言谈，超然如野鹤闲云。原来有本而来"。

在这几位看人眼光最高的人眼中，我们可以看到这样一位邢姑娘：温柔可疼、端雅稳重、超然不俗、恬淡质朴。

寒门贫家的邢岫烟，在富贵人家里，物质生活并不好过。

一场大雪后，众姑娘在芦雪广作诗赏梅花。事后，平儿在让袭人给邢岫烟带一件凤姐的大红半旧羽纱时，说："人人都穿着不是猩猩毡就是羽缎羽纱的，十来件大红衣裳映着大雪，好不齐整。就只他穿着那件旧毡斗篷，越发显的拱肩缩背，好不可怜见的。"这是一幅让人心疼的对比画面。

甚至她还要面临这样的难堪："因姑妈打发人和我说，一个月用不了二两银子，叫我省一两给爹妈送出去……他那些妈妈丫头，那一个是省事的，那一个嘴里是不尖的？……过三天五天，我到得拿些钱出来给他们打酒买点心吃才好。因此二两一月银子还不够使，如今又去了一两。前儿我悄悄的把棉衣服叫人当了几吊钱盘缠。"在这里，曹公都不忘给她安排一个小巧事："这闹在一家子去了……人没过来，东西倒先来了！"原来，那家当铺是薛家开的。一个寄人篱下的姑娘，还要周济父母，打发奴才。她的处境，她的懂事，可见一斑。

从邢夫人的个人素质和邢姑娘"酒糟透"的父母看，邢家的家风教养应该不会好到哪里去。可是，岫烟却跟家人有着云泥之别，那她的性情是从哪里来的呢？

宝玉过生日的第二天，发现了"槛外人"妙玉送来的拜帖。去找黛玉请教的路上正巧遇上了去找妙玉说话的邢岫烟。岫烟给宝玉的回帖指导，是他们二人交流最深入的一次，这时候宝玉才发现岫烟的性情"原来有本而来"。岫烟告诉他自己和妙玉的师生之缘。原来，岫烟气质的背后，是"为人孤高，不合时宜，万人不入他目"的妙玉。可是，岫烟和大家高贵出身的妙玉又不一样，她学到了妙玉拒不流俗的高洁心性，却不失寒门姑娘质朴自然的淳朴踏实。所以，当宝玉惊诧于妙玉推重岫烟的时候，邢岫烟清醒而淡定地回答"他也未必真心重我"。她看妙玉"他这脾气竟不能改，竟是生成这等放诞诡僻了"。所以，老师妙玉"僧不僧俗不俗女不女男不男"的别扭着，学生岫烟却脚踏实地地修习出了不羡不妒、不爬不攀、恬淡素雅的心境。这懂事、理智、清醒、超脱的性情，不仅赢得了几乎所有高水准眼光的欣赏和敬重，连生着一双富贵势利眼的薛姨妈都对她青眼有加。

（四）

　　这就是受到曹公特别偏爱的邢岫烟姑娘，理智、清醒，却又超脱、淡然。随遇而安，安贫守道，为人温厚端雅，行事稳重随和，举止如闲云野鹤，气质若空谷幽兰。物质上虽然清贫寒苦，精神境界却旷达恬静，不滞于物，不凝于心。
　　《傅雷家书》中，傅雷先生曾这样描述典型的具有良好个人修养的中国文人的理想人格境界："亲切、熨帖、温厚、惆怅、凄凉，而又对人生常带哲学意味极浓的深思默想；爱人生，恋念人生而又随时准备飘然远行，高蹈、洒脱、遗世独立、解脱一切等等的表现，岂不是我们汉晋六朝唐宋以来的文学中屡见不鲜的吗""在中国，一个真正受过良好教养和我们最佳传统与文化熏陶的人，在不知不觉中自然会不逐名利，不慕虚荣，满足于一种庄严崇高，但物质上相当清贫的生活"。

我们再来打量下体度不俗的邢岫烟姑娘，就会明白，为什么，曹公对她如此欣赏、如此偏爱。她的身上流露着的那种高远、恬淡、素雅的气质，是中国古典文化人格审美的典型。

"岫烟"这个名字，本身就是一幅深具意韵的画面，远山脉脉，密林深涧，修竹袅立，岚气幽幽，寒烟缥缈，萧然意远。这是宋朝以来中国文人山水画的典型审美意境，到了明清，才逐渐走向世俗。身处清朝的曹公对岫烟如此欣赏，这是他审美态度的流露。

邢岫烟在"咏红梅花"诗中有一句，"看来岂是寻常色，浓浓由他冰雪中"。淡雅地走在大观园富丽人群中的寒门姑娘邢岫烟，不仅得到了大家从各个角度和各个层次的欣赏和敬重，还天缘凑巧地得到了全书中唯一一桩美满如意的婚姻安排。她的风度、气质和性情，得到了曹公格外的偏爱，此女，不可寻常看。

爱与被爱，生命的功课：我看惜春

（一）
"孤儿"惜春

惜春，是贾家姑娘"元迎探惜"中年龄最小的一个。她是宁国府贾珍的亲妹妹，按身份，她是贾家正经的尊贵小姐，可是，在书中，她的存在感非常弱，给人留下的印象甚至还不如薛宝琴、邢岫烟这些客人。

惜春在书中的出场是林黛玉进贾府的时候，三位姑娘一起出来，曹雪芹在描写了迎春的相貌和探春那让人"见之忘俗"的风采之后，只对惜春写了一句"年龄形容尚小"。

那时的惜春，还是个孩子。是个什么样的孩子呢？

贾琏的小厮兴儿曾经非常到位地评价过府中的各位姑娘们，说到惜春的时候，他说："四姑娘小，他正紧是珍大爷亲妹子，因自幼无母，老太太命太太抱过来，养这么大，也是一位不管事的。"

惜春的至亲中，母亲早逝，父亲贾敬在书中一开始就只在道观修仙，什么都不管，一直到自己暴亡，都没有回过家。

哥哥贾珍简直要把宁府"翻了过来",根本无暇理会自己的小妹妹。

尽管疼爱孙女的贾母把她们都带在身边,可是我们在书中很少看到贾母对于惜春的特别关注和疼爱,而且相比于对林黛玉和贾宝玉,贾母好像忽略了自己最小的孙女。

可以说,在家庭亲情方面,小小的惜春,几乎是个孤儿。这是一个缺爱的孩子,她在成长的过程中,没有跟亲人有过亲密的、深层的情感关系。

其他人,除了周瑞家的送宫花时看到她跟水月庵的小尼姑智能儿关系不错外,没有看到谁跟惜春玩在一处过。

她跟姑娘姐妹间的关系也都极其淡漠。宝玉过生日,"寿怡红群芳开夜宴",连李纨、宝琴都在邀请之列,可是,居然没有人想到去请惜春。

(二)
没有才情的惜春

姑娘们在贾母身边长大。这位深具艺术修养的老太太很重视孙女们的才情培养,这点,我们可以从元春和探春身上看到。

在大观园里众多才情出色的女孩子中间,惜春可以说是非常平庸的一个,比很多丫鬟都差得远。

她不会作诗,不会联句。书中她唯一的一首诗作于元妃省亲当晚。贵妃规定,每位姑娘都要现场做,她实在推不掉。

她只写了一首"文章造化":

山水横拖千里外,楼台高起五云中。

园修日月光辉里,景夺文章造化功。

这首诗,可以算是全书诗词中最差的一首,毫无才情可言。大观园起诗社,她也只能做点服务的事情,即监场,燃香计时。书中那么多聚会场合,惜春没有行过一次酒令,没有一次参与联句,没有文采,没有口才。

曹公笔下,大观园里的姑娘们都有自己的艺术才能,惜春其实也有,画画。

她的作画水平如何呢?

刘姥姥嬉游大观园,贾母一时兴起,随口说要惜春把这园子给画下来。结果,这幅画的任务给惜春带来了巨大的压力,她在诗社里"要告一年的假"。她自己说自己的画画水平:"原说只画这园子的,昨儿老太太又说,单画园子成了个房样子了,叫连人都画上,就像行乐图似的才好。我又不会这工细画楼台,又不会画人物,又不好驳回,正为这个为难呢!"

说是会画,可她连基本的画画工具都没有:"我何从有这些画器,不过写字的笔画画罢了。就是颜色,只有……四样,再有不过是两枝着色笔就完了。"(第四十二回)

可见,惜春的画画才能,是很拿不出手的。可能,连入门都没有。

最重要的是，在她身上，我们并没有看到她对画画的喜欢。相比于探春对书法、湘云对作诗和香菱对学诗的真诚热爱和投入，惜春对于画画，可能只是学了几笔给人看而已，要不然，她怎么连尝试的愿望都没有，连准备工具的热情都没有。

热爱是才华得以生长的土壤。惜春，没有才情。

（三）
冷漠孤绝的惜春

从小缺爱，没有正常的亲情，长大后的惜春，是一副冷漠孤绝的性格，他人的冷暖甚至生死，都与自己毫无关联。

惜春对待自己的贴身丫鬟入画的态度，可以让人明显看到她的冷漠。

抄检大观园的时候，惜春自小的丫鬟入画被人发现收着自己哥哥的东西。这并不是多大的错误，而且可以理解，入画的哥哥也给贾珍当差，那些东西也经过检查，来路很正。尤氏和凤姐都不愿意因为这个小问题处理入画，可是她们没有想到的是，铁着心肠一定要赶走入画的，是惜春这个主子。对待从小就贴身服侍她、形影不离地跟她一起长大的入画，惜春是这样不依不饶的冷面绝情："你们管教不严，反骂丫头。这些姊妹，独我的丫头这样没脸，我如何去见人！昨儿我立逼着凤姐姐带了他去，他只不肯。……嫂子来的恰好，快带了他去，或打、或杀、或卖，我一概不管。"这话，一字字，一句句，都像锋利的冰刀，嗖嗖嗖，直刺人心。

入画苦苦哀求，"只求姑娘看从小儿的情常"，尤氏好说歹劝，"天生成一种百折不回的廉介孤独僻性"的惜春姑娘，任人怎说，"只以为丢了他的体面，咬定牙，断乎不肯"。

这是对待自己身边几乎是最近的人的态度啊！太让人心寒齿冷！惜春对入画的绝情，与面临抄检时探春护着自己丫鬟的担当，形成了多么鲜明的对比啊！

惜春的世界里，只有她自己。赶走入画后，她为了"保持自己的名声清白"，更要跟哥嫂断绝关系，免得自己被"带累坏了"。

"……我只知道保得住我就勾了，不管你们去。从此以后，你们有事别连累我。""古人曾也说的：'不作狠心人，难得自了汉。'我清清白白的一个人，为什么叫你们带累坏了我？"（第七十四回）

这番"无原无故，又不知好歹，又没个轻重"的"年轻糊涂"话，让她的嫂子尤氏彻底寒了心。对惜春，尤氏评价得好："心冷口冷、心狠意狠"。

后来，惜春出家了。

这也许是个注定的结局。她从小就跟小尼姑智能儿玩到一处，早早地就开玩笑说自己要"剪了头发当姑子去"。元春省亲刚过，她作的灯谜就流露了她的这种倾向：

前身色相总无成，不听菱歌听佛经。

莫道此生沉黑海，性中自有大光明。

谜底是佛前的海灯。

这就是惜春的故事。这是一个让人感到可惜的生命。请注意，是可惜，不是怜惜。因为让人"怜"的，是可爱的，但是惜春不可爱。

小小年纪，心如死灰。她在自己的生命还没有展开的时候，就走向了消沉。她的心田，是一片荒凉的不毛之地。

平庸，孤介，冷漠，贫瘠。她的生命，没有活力。

为什么？她没有真正得到过温暖生命的爱，她不知道被爱的滋味，她更不会去爱。

（四）
爱与被爱，一生的功课

爱是什么？

爱是让人成长的强大动力和丰厚土壤，是赋予生命的阳光，是滋养生命的雨露。一个人，在生命的初期童年时代，需要人来好好地爱。成长过程中不缺爱的孩子，才能在个性中生长出健康的爱的能力。

爱的能力，是你创造一个属于自己的世界的能力，是你的真正生命和人格生长的能力，它就是你的生命力。

惜春从小几乎没有得到过爱，所以，她的性格中也长不出爱的能力。看起来，小姐惜春从小锦衣玉食，仆役环绕，生活无忧,可是,她作为一个人,没有生命力。她没有热爱的投入其中的事情,没有让她真正欣喜快乐的东西,更没有让她牵挂关心、注入感情的人。没有爱,这对于一个人来说,是最可怕的状态。《窗边的小豆豆》里说:"世界上最可怕的事情,莫过于有眼睛却发现不了美,有耳朵却不会欣赏音乐,有心灵却无法理解什么是真。不会感动,也不会充满激情……"这句话,完全可以用来形容惜春的生命状态。

学会爱与被爱,是一生的功课。

村上春树在《1Q84》中说:"孤独一人也没关系,只要能发自内心地爱着一个人,人生就会有救。"

因为,发自内心的爱,是一个人保持生命力,保持活力和青春状态的动力源泉。

怎么去爱?敞开心怀,伸出双手,勇敢地去给。

给,是爱的境界。

给什么?

哲学家、心理学家弗洛姆在《爱的艺术》中说:"一个人究竟能给予别人什么呢?他可以把他拥有的最宝贵的东西,他的生命的一部分给予别人。但这并不一定意味着他一定要为别人献出自己的生命,而是他应该把他内心有生命力的东西给予别人。他应该同别人分享他的欢乐、兴趣、理解力、知识、幽默和悲伤——简而言之一切在他身上有生命力的东西。"

把生命力分享给别人吧,你的生命不会因给而减少半分,反而会像有魔力一样呈指数级增长。在这个过程中,你会创造一个新的自己。

"双方都会因为唤醒了某种生命力而充满快乐。在给的行为中诞生了新的东西,给和得的人都会感谢这新的力量。"

通过给,生命的本质得以展开,得以发挥。通过给,一个人才能真正体验到他自己的生命力,他的"富裕",他的"活力"。通过给,他才能感受到自己生命力的升华,才会感觉到自己的生气勃勃,才会收获真正的幸福和快乐。

爱与被爱,哪个幸福些?其实,当真正的爱发生的时候,它们是浑然一体的两个方面,是同一件事情。生命互给,光彩互现,相互滋养,能量互相传递流通,境界互相提升成全。成全,一定是相互的,爱与被爱,就是互相成全。

生命力在爱中蓬勃,创造力在爱中生发,爱的力量,推动生命的展开,打开全新的境界。在爱中生长出来的人格,才有幸福可言。

想起了《长腿叔叔》中,小姑娘朱蒂写给叔叔那充满深情的话:"我很高兴我可以开始回报您的恩情……请您不要不屑于接受它,因为可以回报您让我感觉很快乐。"

朱蒂在对爱的回报中,发现了自己,绽放了自己,她创造了一个全新的、更好的自己。

朱蒂是个幸运的姑娘,她是真正的孤儿,从小在孤儿院长大,可她遇上了自己的"长腿叔叔"。从小锦衣玉食的惜春,却没有这份幸运。她的人格和灵魂,在开始生长之前,就被封闭、闷死了。

愿我们，这一生，能遇到爱的人，做着爱着的事业，终生都拥有爱的能力，让自己的生命力和青春成为超越时间的存在，恒久地焕发光彩。

愿我们每个人，都能在爱与被爱中健康繁茂地活着，活成深植大地、直立挺拔、冠盖飞扬的大树，活成源远流长、奔腾澎湃、辽阔平静的长河。

人，要自己成全自己：从尤三姐的故事说起

（一）
尤三姐

尤三姐，是一个让红楼读者印象深刻的人物。她在书中出场时间很短，但是她的故事，很值得我们反思。

因为贾敬去世，尤氏一人里外料理不开，就请自己的老娘带着两个妹妹暂时来贾府帮忙照看。就这样，尤二姐和尤三姐走进了贾府。这对姐妹不知道，自己的生命，从这里开始，走上了绝路。

尤三姐的故事，我们可以从几个方面讲。

先说她的"美"和"艳"。

尤三姐是个绝色女子，有着惊人的美貌。在贾琏口中，尤三姐的美色"古今有一无二"；在看惯了美丽女子的贾宝玉眼中，尤三姐和她的姐姐尤二姐，是"真真一对尤物"。

对于自己的美貌，尤三姐不但自知，而且极其自信。她知道，那是自己征服男人的资本和利器。因此，怀着这个心态的尤三姐，把自己打扮得无比风流香艳。

陪着贾珍、贾琏喝酒的尤三姐，是那样的勾人魂魄：

这尤三姐松松挽着头发，大红袄子半掩半开，露着葱绿抹胸，一痕雪脯。地下绿裤红鞋，一对金莲或敲或并，没半刻斯文。两个坠子却似打鞦韆一般，灯光之下，越显得柳眉笼翠雾，檀口点丹砂。本是一双秋水眼，再吃了酒，又添了饧涩淫浪，不独将他二姐压倒，据珍、琏评去，所见过的上下贵贱若干女子，皆未有此绰约风流者。（第六十五回）

再说她的"迷"和"作"。

凭借自己天生的"资本"，尤三姐对自己在男人面前展现魅力的自信心极度膨胀。在男人面前，她做出无人能敌的淫浪之态，引得男人痴迷癫狂，她却引以为乐，沉浸在自己的"征服能力"中得意扬扬："自己高谈阔论，任意挥霍洒落一阵，拿他弟兄二人嘲笑取乐，竟真是他嫖了男人，并非男人淫了他""这尤三姐天生的脾气不堪，仗着自己风流标致，偏要打扮的出色，另式作出许多万人不及的淫情浪态来，哄的男子们垂涎落魄，欲近不能，欲远不舍，迷离颠倒，他以为乐"。

她沉迷在玩弄男人的快感中，以为自己能够玩弄他们，殊不知，她玩弄掉的，是自己。

姐姐尤二姐起先还劝劝她要收敛些，她不但一个字听不进去，还要抓住机会，今朝有酒今朝乐，干脆一任自己放纵到底，免得后悔："咱们金玉一般的人，白叫这两个现世宝沾污了去……趁如今，我不拿他们取乐作践准折，到那时白落个臭名，后悔不及。"

因为能够迷倒男人，让男人跪倒在自己的裙下，尤三姐在男人们色眯眯的眼光中，在他们的追捧中，性情极其做作不堪，物质上欲壑难填："天天挑拣吃穿，打了银的，又要金的，有了珠子，又要宝石，吃的肥鹅，又宰肥鸭。或不趁心，连桌一推，衣裳不如意，不论绫缎新整，便用剪刀剪碎，撕一条，骂一句。"

更可怕的是，尤三姐在对自己"征服能力"的扬扬自得中无比膨胀，她越发地不知天高地厚，不知水深得厉害，还以为"姑奶奶我天下第一"，她要以一己之力，对付王熙凤：

尤三姐站在炕上，指贾琏笑道："你不用和我花马吊嘴的，咱们清水下杂面，你吃我看。见提着影戏人子上场，好歹别戳破这层纸儿。你别油蒙了心，打谅我们不知道你府上的事！……我也要会会那凤奶奶去，看他是几个脑袋几只手。若大家好取合便罢，倘若有一点叫人过不去，我有本事先把你两个的牛黄狗宝掏出来，再和那泼妇拼了这命，也不算是尤三姑奶奶！"（第六十五回）

放荡、骄傲、矫作、膨胀，尤三姐在男人的眼光中，完全迷失了。

那个时候，尤三姐还是知道，跟贾家的男人混在一起是暂时的，对于以后的终身大事，她还是有自己的打算的。这就是尤三姐的"痴"。

仅凭五年前跟着老娘在别人家拜寿看戏时的一面之缘，

尤三姐就看上了相貌俊美的扮演小生的柳湘莲。于是，在拜托了贾琏帮她寻找柳湘莲之后，她决定痛改前非，一心一意地等心上人："这人一年不来，他等一年，十年不来，等十年。若这人死了，再不来了，他情愿剃了头当姑子去，吃长斋念佛以了今生。"

就算贾琏告诉她，这柳二郎虽然长得标致，但最是冷面冷心的，是个无情无义的人，她也不管。她不管他的人品性情，也不管他的想法和实际，她尤三姐看上的男人，怎么可能不要自己呢？她是多么痴情自信啊！

再说她看上的这位"冷面郎"柳湘莲，一听贾琏说是个"绝色女子"，就当场许下婚约，把祖传的一把鸳鸯剑送给尤三姐做定礼。尤三姐的"痴"终于有了盼头。"三姐喜出望外，连忙收了，挂在自己绣房床上，每日望着剑，自喜终身有靠。"

可是，柳湘莲果然无情无义。他在见到尤三姐之前，听说了她的往日不堪之后，就反悔了。

结果，尤三姐听说之后，立刻拿出了最刚烈决绝的姿态，做出了最"愚"的事情。她把一柄剑藏在身后，在还给柳湘莲另一柄的时候，一个回手，把手中的剑往自己脖子上一抹。"可怜！揉碎桃花红满地，玉山倾倒再难扶。"

尤三姐死了，用婚姻的定礼，自刎在自己朝思暮想的男人面前。

这就是尤三姐的故事。她用自己的生命，向世人展示了

"迷""痴""愚"的结局。

(二)
清醒,是巨大的力量

始终保持自我头脑清醒,是一种巨大的人格力量。

美丽、任性、刚烈的尤三姐没有。

清醒的头脑,源于一种生命自觉。一个清醒的人的视野和思维,会始终带着时空维度的开阔与纵深——知道珍惜自己的独一无二,也明白自己的位置和界线,自知,且知止。

清醒的人,内心自有格局,做人行事自有一番与众不同的气息。这样的人会自信沉静地寻找属于自己的那条路,成就让自我翱翔的独有的天空。

我们来看那些在大厦倾覆之时有能力逃出生天的人。

刘姥姥始终是清醒的,这个有着大智慧的乡下老妇,从来都知道自己为何而来。她知道,在夫人小姐面前的装憨卖傻,洋相百出,是为了达到自己"打秋风"的目的。她达到了,她把自家日子过好了。也只有过好了的刘姥姥,后来才会有力量救巧姐脱离火坑。成全,从来都是相互的。

小红姑娘,始终是清醒的。这个具有远见卓识的小丫头,早早地看清了,在怡红院里自己的聪明和才干没有发挥的机会,她也早早地放弃了接近怡红院唯一主子的想法。因此,就在袭人、秋纹她们还在为宠爱为待遇费尽心机争风吃醋的时候，小红已经早早明白，"不过三年五载，各人干各人的去了"。她清醒地知道自己所求为何，她要去更高级更开阔的成长和发挥平台，她要让自己变得独立而强大。

三姑娘探春，是清醒的。在其他主子姑娘还在浑浑噩噩地享乐的时候，她已经看透了贾府外在煊煊赫赫，实则糟空朽烂的现实。命运没有糟蹋这位有见识有头脑有品格的姑娘，千里东风一望遥，探春这只凤凰远走高飞，她会找到属于自己的梧桐树。

还有平儿姑娘。这个"极明白清俊"的姑娘，无论下面多少仆役巴结讨好，无论王熙凤怎么倚重信任，心中始终清醒地知道自己的位置，知道王熙凤在贾府的位置，知道她们以后的去向。所以她做人行事，极有大局观、分寸感。

保持清醒，何其难得。红尘中，有那么多的"精彩"的诱惑在招手；生命中，有那么多的困难和沮丧要克服。守其心，修其品，不自大膨胀，不堕入虚空，是一项一生都在进行的修行。时时刻刻，都要保持清醒的头脑，不让它陷入"迷""痴"和"愚"。尤三姐之死，对所有人来说，都是个严厉的警醒。

(三)

那句重重的话——反认他乡是故乡

说完尤三姐的故事，我们再回头来读第一回。在一开篇，曹公就已经把整部书的哲学主旨和视野格局说得非常清楚。甄士隐对《好了歌》的那段解读，我读过很多遍，但几乎都是匆匆看过。直到最近，我对着一句话愣了很久，脑门上像被重重敲了一记，心头像被针尖精准地刺了一下。

这句话是"反认他乡是故乡"，后面是"甚荒唐，都是为他人做嫁衣裳"。

对于我们每个人来说，"他乡"是哪里？"故乡"又在何方？

苏东坡回答得好："此心安处是吾乡。"但关键问题是，你要选择什么样的活法，你要选择做什么事情，让自己心安。

在《我的职业是小说家》里，村上春树说，到了一定的年龄，就要学会分清楚，什么是自己的事，什么是别人的事，以及哪些是你这一生不能不做的事。

可是，我们有太多的人，天天都为与自己不太相干的"别人的事"忙碌奔波，甚至迷醉自得。自己的事呢？快要忘了。还有没有"如果这辈子没有做就会死不瞑目"的事情呢？有多少人，从来没有想过这个问题。

林语堂的《苏东坡传》里，有一个经苏东坡之口讲出来的一个老汉的故事。这个老汉经过一生的辛勤劳动，过上了丰衣足食儿孙满堂的幸福日子。可老汉还是坚持每天天不亮就早早起床做事。儿孙问他为何辛劳，他答：早起时做的是我自己的事情。天亮之后，就没时间做了。儿孙说：我们家的生活已经很好了，不用再如此早起辛劳。再说，白天全家的事情，不也是您老的事情吗？老汉回答："不然，所谓自家事者，是死时将得去者。吾平日治生，今日就化，可将何者去？"

老人的头脑何其清醒智慧。他知道，白天忙碌的，是"别人的事情"，早起要给"自己的事情"留时间，那是他在生命的尽头，要带走的东西。

而我们，平日里忙忙碌碌，有没有经常问自己：在生命结束的那一刻，有没有未做之事会让你在离去的那一刻无比遗憾？在生命的末端，你能带走的，能留下的，会是什么？

能区分开"自己的事"和"别人的事"，是一个人独立人格形成的标志。而弄清楚自己为何而来，知道自己生命的主旋律所在，知道哪些事情是自己今生必须要完成的功课，是一个人生命的重大转折点。

（四）

人，只能自个儿成全自个儿

我们每个人每天都有很多功课要完成，似乎每个人都很忙，都压力重重。可是，当弄清楚了哪些事情是"自己的事"和"这辈子一定要做的事"之后，才会渐渐明白，自己曾经天天忙碌的"别人的事情"并不是特别困难，有时甚至是毫无意义的。

最困难的，是做自己生命的功课。真的很困难，甚至很痛苦，你要时时刻刻面对真实的自己，时时刻刻思考并寻求属于自己的人生道路——总是在尝试，总是在挑战，总是充满了沮丧甚至自卑的挫败感——不仅要努力发展你的那份"独一无二"，更要面对自己性格的弱点和内心的阴暗。可是，总是有一种不能压制的力量催促着你继续下去。每一次挑战自己，都要经历一段辛苦的跋涉和痛苦的挣扎，才能品尝到短暂的"真正的自我成长的幸福"。而那幸福感，通常在它终于到来的那一刻，已经被更大的挑战和压力掩盖。

只是，不能不做。你不做，没有任何人会帮你替你。你只能默默地，咬着牙，自己找时间，自己擦汗擦泪。你一遍遍在内心告诉自己：一定要做，只为了，生命结束之时，闭上眼的那一刻，能够不留遗憾地宽恕自己。

《霸王别姬》里有句经典的台词："人，得自个儿成全自个儿。"这辈子，最重要的事，就是找到"自己的事情"和"非做不可的事情"，然后，一直奋进、一直生长。用一生的时间，在奋进中把自己的灵魂从空虚消沉和平庸堕落中拯救，用根植于自我生命中的创造和建树来实现不可替代的自我成全。这"找"和"做"的过程，只能自己来完成，你不能把希望寄托在其他任何人身上，因为，这是你这个不可复制的生命的功课，这是你这个独一无二的生命的修行。

也许会有人襄助，也许会有同路人结伴前行，但是，每一步，都只能自己走；每一个台阶，都只能自己跨。能成全你的，从来都是你自己，清醒的、坚定的自己。

地上有个"木头人":当心灵停止了生长

(一)

越剧《红楼梦》中,有一个著名的唱段:"天上掉下个林妹妹,似一朵轻云刚出岫……娴静犹如花照水,行动好比风扶柳……眉梢眼角藏秀气,声音笑貌露温柔……"秀美婉转,美极了。

我想,宝玉跟黛玉私下里,肯定这样说:地上有一个木头人,她什么都看不见。他说的,是他的母亲王夫人。

王夫人是贾政的正房太太,女儿元春当了皇妃,儿子宝玉是贾母的心肝宝贝。她的娘家是四大家族之一的王家,侄女是荣国府里当家管事的王熙凤。她在贾家的地位,比邢夫人要高很多,贾母也对她比邢夫人高看很多。

可是王夫人,是一个"活死人"。到后来,她还成了残暴的杀人凶手。

王夫人,一开始,她的本性并不坏,能力并不低。

刘姥姥第一次进贾府,就是来找王夫人的。刘姥姥说:"他家的二小姐着实响快会待人的,到不拿大。如今现是荣国府贾二老爷的夫人,听得说,如今上了年纪,越发怜贫恤老,最爱斋僧敬道、舍米舍钱的……只怕这二姑太太还认得咱们。"我们可以看到,王夫人也曾是个慈善热情的人。刘姥姥第二次进贾府,嬉游了大观园之后,回家时,王夫人一下子给了她一百两银子,"或者作个小本买卖,或是置几亩地,以后再别求亲告友的"。在这里,王夫人还是能够看到和体恤刘姥姥在大观园装傻逗笑背后的辛酸的,别人赠送的都是礼物,只有她,出于为刘姥姥以后的日子考虑,实实在在地给了一笔"启动基金"。

宝玉和王夫人有过亲密的母子关系。也只有在这些时刻,王夫人才像一个人。宝玉在她面前一开始并不拒斥。第二十五回中,贾环正在帮王夫人抄写佛经,"宝玉也来了,进门见了王夫人,不过规规矩矩说了几句话,便命人除去抹额,脱了袍服,拉了靴子,便一头滚在王夫人怀内。王夫人便用手满身满脸摩挲抚弄他,宝玉也搬着王夫人的脖子说长道短的"。这极其亲密宠溺的一幕,引得贾环妒火中烧。

(二)

一个行善者,一个慈爱的母亲,王夫人是怎么变成后面的样子的呢?

从她的自我封闭开始,从她不再管事,每日安享贵妃之母、诰命夫人的尊贵悠闲生活开始,从她的日子只剩下陪老太太和薛姨妈家长里短地闲聊和打牌开始。同时，当皇妃的女儿，常年做官的丈夫，让她对那套保全她的尊贵荣华的道德律条和权力制度无比崇拜，她成了它们的代言人和执行人，她已经成了它们的一部分。

虽然表面上，她每天吃斋念佛，安守信仰，可是，那只是用表面的形式感，掩饰自己越发空洞窒息的心而已。她的心早就停止了生长，早就走向了死亡。

王夫人平日里不言不语，连婆婆贾母都说她"可怜见的，木头似的"。她给我印象最深的一句话就是"我通共就一个宝玉"，宝玉在她的眼中，不是她的儿子，甚至不是一个人。对她来说，宝玉只是给贾家传宗接代、光耀门庭、延续荣华富贵的工具，她只关心宝玉的名声和前程，只怕宝玉"被带坏了"，做出违反道德律条的事情来。林黛玉第一天进贾府时，王夫人就这样告诉黛玉，宝玉是"一个孽根祸胎，是这家里的混世魔王……他嘴里一时甜言蜜语，一时有天无日，一时疯疯傻傻，你休信他"。宝玉的善良、灵秀、聪敏，宝玉作为一个人的成长和诉求，她都看不见。她的目光，只朝着一个维度开放，那就是功名利禄。

丫鬟们更不用说，只是用来使唤的东西而已。听话的，为我所用；不听话的，立刻驱逐，不管死活。

当心灵开始停止生长，她就失去了开放和欣赏的能力。她拒绝真实生活，拒绝新鲜空气，拒绝真实鲜活的生命，拒绝看见，拒绝思考。她的心，在假模假样的"信仰"和自我封闭中,变得膨胀自大,变得狭隘盲目,变得冷硬残暴。她的身体,也开始变得僵化麻木,动弹不得。于是,她什么都看不见,她只害怕任何会对自己的尊荣和安全地位产生威胁的人和事。一旦被她认定,必除之才安心。所以,金钏儿冷漠被逐,悲愤跳井;她和袭人成了紧密的同盟,晴雯被逐致死。

视野只剩下一个维度的王夫人变得浅薄而轻信,奴才花袭人含泪一番忠心忧虑的表白,竟让王夫人一下子激动万分。我们来看看,王夫人跟花袭人结盟的时候,是多么惶恐而急切啊!

王夫人一闻此言,便合掌念声阿弥陀佛,由不得赶着袭人叫了声:"我的儿!亏你明白,这话和我的心一样。……如今我想我已经五十岁的人了,通共剩他一个……"

"我的儿,你有话只管说!……谁知你方才和我说的话竟是大道理,合我的心,你有什么只管说什么,只别叫别人知道就是了。"袭人道:"……怎么变个法儿,已后竟还叫二爷搬出园子来住就好了。"

王夫人听了,吃一大惊,忙拉了袭人手问道:"宝玉难道和谁作怪了不成?"……

王夫人听了这话,如轰雷震耳一般,正着了金钏儿之事,心怀感爱袭人不尽,忙说道:"我的儿,你竟有这个心胸,想的这样周到……难为你成全我娘儿两个名声体面,真真我就不知道你这样好。……我就把他交给你了，好歹留心，保全了他，就是保全了我，我自然不辜负你。"袭人连连答应着去了。(第三十四回)

于是，"咔嗒"一声，满心只盘算着当上姨娘的花袭人，和只关心自己体面名声的王夫人，结成了牢牢的统一战线！当狭隘、冷硬、盲目和残暴的心有了耳目手脚，再加上权力的大棒，大观园怡红院的上空，就被乌云严严实实地遮蔽了。晴空、皓月都马上成为令人痛心的过去。

掌握了告密者的情报，平日里慈眉善目佛珠不离身的王夫人，带领着一群奴才恶仆，手握权力的大棒，雷嗔电怒地朝着大观园杀气腾腾地来了！她要收拾宝玉身边的那些"祸害妖精"！她要把所有可能损害到"娘儿两个名声体面"的"祸根"全部处理干净！她对晴雯的恨有多么地咬牙切齿啊！"四五日水米不下，恹恹弱息"的晴雯被从炕上拉了下来，蓬头垢面，被两个女人搀架着赶走了。就在这个时候，王夫人还不忘"只许把他贴身衣服撂出去，余者好衣服留下，给好丫头们穿"。阿弥陀佛！她念的那些佛，听到这样的话，此刻也会目瞪口呆吧！

(三)

这就是王夫人，生活之于她，是死水无波，只会生出有毒的蚊蝇和蛇虫；她之于他人，是枯木无春，一个无趣无味无生命力的木头桩子。她看不到任何人作为"一个人"健康正常的生命诉求，看不见自己狭窄的视野外的任何东西。表面上，她吃斋念佛是个善人，但只要有任何可能会危及她的"安全"的风吹草动，她就立刻变成了残暴的凶手。

这就是王夫人，不言不语，吃斋念佛的王夫人；凶狠残暴，手上沾血的王夫人。每日端坐在房里诵读佛经的她，跟佛心没有一点关系。佛心是悟，是生命的觉醒和生发，是用悲悯和敬畏的心去看待和包容每一个生命，是真正的修行中的自我人格完成，是在这个过程中获得光明阔大的正见。王夫人的心早就停止了生长，早就死了。在身体死之前她早就成了一个"活死人"，她什么都看不见。

这辈子，就一回：香菱学诗的故事

（一）

香菱，是一个让人想起来就心疼的名字。

香菱，是《红楼梦》全书中第一个出场的女性，位居金陵十二钗副册之首。从在奶妈怀中到病入膏肓，她是前八十回中生命历程最完整的人物。香菱的原名叫"甄英莲"——真应怜！在一僧一道口中，她是"有命无运累及爹娘之物"。在曹公笔下，她是"薄命女""呆香菱""姣怯香菱"，是红楼中最薄命的姑娘。

香菱有着一流的人品。香菱出身于"红尘中一二等富贵风流之地"姑苏阊门的士门望族之家，父亲甄士隐秉性恬淡，"到是神仙一流人品"。在周瑞家的眼中，香菱"到好个模样儿，竟有些像咱们东府里蓉大奶奶的品格"。香菱的容貌气质，跟《红楼梦》中第一美人、警幻仙子的化身秦可卿相像。在见惯了各色女人的贾琏眼中，香菱"生得好齐整模样……越发出挑的标致了。那薛大傻子真是玷辱了他"。在最具识人之明的王熙凤眼中，香菱"模样儿好还是末则，其为人行事，却又比别的女孩儿不同，温柔安静，差不多的主子姑娘也跟他不上呢……我到心里可惜了的"。从这些评价中我们可以想象出，香菱的容貌气质品格性情，均为一流。

香菱有着极其不俗的天分。从小被拐卖，香菱应该是没有机会好好读书识字的，十二三岁到了薛家，丈夫是大字不识几个的"薛大傻子"；宝钗虽读书，却是个最不提倡女人读书的人，读书和作诗，在宝钗看来，完全是不务正业。我们可以想象一下，作为买来的丫鬟兼侍妾的香菱的学习环境。她曾对黛玉说："怪道我常弄一本旧诗，偷空儿看一两首……"她要侍奉婆婆薛姨妈，要伺候丈夫薛蟠，她只能偷偷地学上几眼。可即便是这样，香菱不仅能读诗识字，而且能写出几首有模有样的诗来！她读过林黛玉借给她的书之后，甚至能去跟"诗魂"讨论读书的心得领悟！连林黛玉都说她是个"极聪敏伶俐的人"。贾宝玉更是赞叹："这正是地灵人杰。老天生人，再不虚赋性情的。我们成日叹说，可惜他这么个人竟俗了，谁知到底有今日……"这样的环境，这样的表现，两相对比，我们可以想象下香菱有着多么聪明的心性，有着多高的天分。

香菱有着让人叹息伤感的遭遇。从小被拐卖，家破人亡，连自己的年龄和故乡都不记得。十二三岁的光景，在认得她的门子口中，"他是被拐子打怕了的，万不敢说……我又哄之再四，他就哭了……"在得知拐子要把自己卖给冯渊的时候，英莲自叹道："我今日罪孽可满了！"那时，她才十二三岁，是什么样的黑暗和绝望，才让她在自己被买走的时候说出这样的话！可是，薄命女偏逢薄命郎。第二天，拐子又将她卖给了薛蟠，冯公子被活活打死。英莲被薛蟠生拖死拽地拖走，又逢贾雨村葫芦僧乱判葫芦案，英莲就这样成了薛家的丫鬟，跟着薛姨妈母子三人，上了京，进了贾府。宝钗给她取了个新名字"香菱"，后来她又成了薛蟠的侍妾。

这样的香菱，那样的薛蟠，香菱的人生，几乎没有一丝光亮可言。

（二）

可是香菱，一流人品的香菱，生命注定不会完全黯淡。经历过无边的黑暗和无望的彻寒后，香菱对黑暗和残暴，似乎变得麻木，她已经接受了这样的命运安排，她似乎对自己黑暗危险的境况呆呆傻傻，浑然不知。可是，香菱的麻木不是绝望，她反而对光明和温暖变得极其渴盼。香菱在接受命运的同时，也在期盼，期盼命运能给自己带来一丝清风，一丝亮光。在这个意义上，香菱从来都没有投降。终于，上天给了她一次机会。

呆霸王薛蟠在被柳湘莲狠狠教训一顿后，觉得很没面子，想去外面游历一番，也学着做做生意。于是，香菱就被宝钗带进了大观园，暂时陪宝钗住进蘅芜苑。大观园里的生活，是香菱悲苦人生中最自由、最快乐的时光，她终于有机会学诗了。

我们来看看，香菱搬进园子里住的第一天有多么兴奋。从知道能住进大观园的那一刻起，香菱就央求宝钗："好姑娘，趁着这个工夫，你教给我作诗罢！"被宝钗嘲笑"得陇望蜀"之后，她当天晚上就去潇湘馆拜林黛玉为师："好歹教给我作诗就是我的造化了。"于是，黛玉指点她先从读王摩诘的五言律诗开始。香菱拿了诗，回到蘅芜苑中，诸事不顾，只向灯下一首一首地读起来。宝钗连催她数次去睡觉，她也不睡。好不容易有了学诗的机会，她怎么舍得睡觉。

学诗的那段时间里，本来就有些"呆头呆脑"的香菱成了痴人一个。她读啊读，想啊想，茶饭无心，坐卧不定，挖心搜胆，耳不旁听，目不他视。学作的诗被老师黛玉评价不高时，香菱"默默的回来，越性连房也不入，只在池边树下，或坐山石上出神，或蹲地下抠土。来往的人都诧意"。学诗的香菱成了个"诗魔"——不分白天黑夜，她一个人嘟嘟哝哝，一会儿皱眉，一会儿含笑，五更天还睡不着，天刚亮就匆匆梳洗去找黛玉请教。众人都笑她疯了，她也完全不理会，苦志学诗，精血诚聚，满心中只有作诗一件事。晚上对灯出神痴坐，上床后依然两眼发亮，翻腾辗转，连做梦说梦话都是在作诗："可是有了！难道这一首还不好？"

众人都在笑她。赞许的笑，看着好玩的笑，嘲讽的笑。香菱这"痴"的状态，有没有让人想起了"都云作者痴，谁解其中味"？为了学诗而发痴的香菱，她只是在学作诗吗？

"众人",一个个都有资格嘲笑她吗?

(三)

香菱孤苦的一生,是一个象征,她的遭遇,是每一个来到世上的人都会面对的遭遇。佛经上说,人生皆苦。《圣经》上说,人是有原罪的。古罗马哲学家塞内加说,何必为了部分生活而哭泣?君不见全部人生都催人泪下。人来到世上一遭,本是极其偶然的,是孤独的,是没有意义的。伟大的曹公,借用学诗的香菱,给我们回答了古今中外全部哲学都在追问的终极问题:一个人,来到世上,意义在哪里?

香菱学诗,她这一生,终于由着自己的天赋和本性充分发挥了一次。香菱学诗,对其他任何人都没有什么意义,意义只属于她自己。在那段时间里,香菱追求了想要的那个自己。曹公管她叫"慕雅女"。香菱多么羡慕大观园里会写诗的姑娘们啊,那是她极其向往的生活方式,姑娘主子们作诗的样子,是香菱多么渴望的形象啊!香菱学诗的意义就在于此,她此生唯一一次勇敢地、欣喜地、痴迷地、不管不顾地,追求了一回自我,她终于体会了一回通过自己的努力得到的进步,她终于在这一件事情上感受到自己的力量。不管谁觉得她可笑,不管谁觉得她憨呆,不管这件事有没有用,都没有关系。这种力量感,对香菱自己来说,就叫幸福!香菱写出来的诗,用字是否文雅,立意是否新奇,有关系吗?没有关系。有关系的是,她终于学了诗,作了诗。她作了什么诗并不重要,重要的是,香菱,她自己,体验了一回梦想中的样子,体验了一回幸福的滋味。

(四)

这辈子,就一回。香菱不管不顾,心无旁骛地奔向梦想中自己的样子。大观园里的姑娘们作诗的样子,在香菱的眼中,是那么文雅,那么可爱,那么令人神往。那些起诗社雅集的身影,在真应怜的香菱的眼里,一定在闪闪发光。

这辈子,就一回。香菱痴迷地朝着发光的身影飞奔过去,那一刻,她的眼睛也一定在闪闪发亮。孤苦的香菱,一流人品的香菱,让人心疼的香菱,她从内心深处焕发出来的热切和执着,勇敢和快乐,在多少读者心中,超过奴性十足的袭人,超过冷漠懦弱的迎春,超过孤介冰冷的惜春。迎春一辈子从来没有长出过自己的心,惜春则把自己还没有成长的心封闭起来,闷死了。

安徒生童话《丑小鸭》中有这样一幕:秋天,孤单的丑小鸭伸长了脖子,呆呆地望着去南方过冬的美丽的天鹅从天空优美地飞过,心中充满了向往。不知为什么,我总是把学诗的香菱和《丑小鸭》的这一幕连在一起。

丑小鸭在冬去春来的时候变成了天鹅。可是,可怜的香菱没有春天。薛蟠的正房太太,"河东狮"夏金桂马上就秉风雷之性粉墨登场。香菱被改名叫"秋菱",她短暂的人生已经快要走到尽头。

根并荷花一水香,平生遭际实堪伤。香菱被折磨死了,一朵美丽的荷花死在了干涸的污泥中。这样的人品,这样的性情,这样的遭遇。香菱终于受完了罪,结束了充满黑暗和寒冷的一生,香魂悠悠,返回故乡。

87版电视剧《红楼梦》中,香菱死的时候,宝玉含着泪,把一本上面滴着鲜红烛泪的《断肠集》放在香菱的枕边。他知道,受尽折磨的香菱对这一生已经没有了任何留恋,学诗的时光,是她今生唯一的光亮。

这辈子,就一回。香菱能对自己说,我也没有白活。

动人的艺术力量从哪里来：龄官的故事

（一）

小旦龄官，是《红楼梦》中一个很小的人物。但是，她很令人难忘。

贾府为了迎接当了贤德妃的元春回家省亲，在修大观园的时候，特意从姑苏买了十二个唱戏的女孩子。这群专业的伶人，是《红楼梦》中的"戏中戏"，她们青春活泼，给大观园带来了一道独特的风景。其中，小旦龄官无疑是最出类拔萃的那一个。

龄官在贾家最繁华荣耀的时候出场。省亲当晚，元春点了四出戏，最后一出"离魂"，是《牡丹亭》中的一段。小旦龄官上场了。扮相清秀，唱腔婉转，情感动人，她唱着杜丽娘"偶然间心似缱，梅树边。这般花花草草由人恋，生生死死随人愿，便酸酸楚楚无人怨"。她的表演得到了元春特别的欣赏和赏赐，四出戏后，"贵妃有谕，说龄官极好，再作两出戏，不拘那两出就是了"。龄官的内心有多骄傲倔强啊，在那个人人屏息不敢有丝毫错失的场合，她"自为此二出（"游园""惊梦")原非本角之戏,执意不作"。结果是,龄官不但表演受到认可,个性也得到了元春的欣赏。"贾妃甚喜,命不可为难了这女孩子"。

元春在红楼中是何等人物啊,大观园的缔造者,警幻仙子的化身啊!从这个侧面可以看出,龄官身上拥有极其出色的艺术才情和表演才华——她能生动地呈现出杜丽娘的形象和魅力。艺术家打动人心的力量来源于艺术内容和生命的高度融合,可见,她是能深刻地理解杜丽娘这个大胆追求爱情的少女的形象的。《牡丹亭》中那些她日日夜夜学习和琢磨的戏词和唱腔,情思和向往,是和她的个性、她的生命血肉交融的。

这,也是龄官气质出色、望之皎然的原因。

关于龄官的气质和容貌,书中有非常细致的描写,在贾宝玉眼中,这个女孩子"眉蹙春山,眼颦秋水,面薄腰纤,袅袅婷婷,大有黛玉之态"。曾在一场家庭表演后,王熙凤极欣赏地把龄官带到大家面前,说"这孩子的扮相活像一个人"。谁?心直口快的湘云说出来了:大观园里的诗魂与花魂林黛玉!

除了舞台上的表演,在大观园生活的龄官也有让人记忆深刻的故事,即"龄官画蔷"。把杜丽娘的形象与自我个性融为一体的她,也有着对爱情的大胆向往和追求,尽管她只是一个没有人身自由、可以被买卖和送人的小戏子。那个夏日的午后,贾宝玉无意间窥见了这个女孩子的心事。她独自蹲在地上拿簪子画"蔷"字，一遍遍，一笔笔，全是"蔷"。她和贾府的一个爷儿们贾蔷相恋了，但这份爱情该有多么绝望啊！全是"蔷"，全是墙啊！

（二）

可是，小旦龄官在《红楼梦》中，起了极其重要的作用，即她在无意间点悟和警醒了两大主角。

在"识分定情悟梨香院"里，在别处玩腻烦了的贾宝玉兴冲冲地来到梨香院，想让龄官给他唱"袅晴丝"一套，结果遭到了冷冷的拒绝："嗓子哑了。前儿娘娘传我们进去，我还没唱呢。"贾宝玉愣了，在大观园里，他和姑娘丫鬟们玩惯了的，还没丫鬟敢这么冷待厌弃他呢。直到看到匆匆赶来的贾蔷对龄官百般呵护讨好，看到龄官对贾蔷那别扭着、娇作着、心疼着、痴傻着、纠结着的爱恋，他这才有了一个重要的"情悟"。"自此深悟人生情缘，各有分定"，他不能指望所有的女孩子都用眼泪来葬他，"从此后只是各人得各人的眼泪罢"。弱水三千只取一瓢，他只能得属于自己的那份情，那份爱，那个灵魂知己。

在"牡丹亭艳曲警芳心"中，一个落英缤纷的三月中旬，林黛玉和贾宝玉在园中花树下共读《西厢记》。贾宝玉被人叫走后，心情闷闷的林黛玉在梨香院的墙角上，偶然听到笛韵悠扬，歌声婉转。林黛玉素日不大喜看戏文，可那一刻不一样。偶然两句，只吹到耳内，明明白白，一字不落——"原来姹紫嫣红开遍，似这般，都付与断井颓垣……""则为你如花美眷，似水流年……你在幽闺自怜"。林黛玉心神动摇，如醉如痴，站立不住，坐在一块石头上细嚼"如花美眷，似水流年"八个字的滋味。在这美好的春天里，林黛玉突然意识到青春和生命的短暂，一时间，以前读到的关于感叹春匆匆、归无觅的诗句全都涌上心头，那些叹惜和哀婉都变得如此鲜活，如此真实。林黛玉"心痛神痴，眼中落泪"。一个月后，四月二十六芒种节，大观园里上演了一幕极其美丽动人的行为艺术——黛玉葬花。

"警芳心"的几句唱腔，是《牡丹亭》中杜丽娘的。那天唱着这一段的，就是龄官。

（三）

对于两大主角，龄官一个让他"情悟"，一个"警"其"芳心"。为什么小旦龄官有这个力量呢？

因为在大观园里，才情出色美好的龄官有一个高度艺术的人格，一个艺术家。无论是戏曲表演还是个人生活，她都是艺术的代表和化身。艺术之于她，已经完全融入了生命。在追求爱情的时候，她是杜丽娘，还是龄官？两个形象已经全然融为一体。

而艺术能打动人心、引人领悟的力量，就在于它的真。

正是这份真，让舞台上扮演杜丽娘的龄官光芒四射，让生活中的龄官处处别扭。她不肯为贵妃唱"游园""惊梦"——因为那不是她的本角戏，尽管贵妃刚刚才高度赞赏了她。贾蔷给她买了小雀儿，她看到笼中雀，就想到自己没有人身自由的境遇。于是，雀儿放飞，笼子拆掉，管他花多大价钱买的。宝玉专门去找她，"陪笑央他"唱，她也纹风不动，正色拒绝，因为宝玉不是她心中的那个人。小旦龄官，就这样，别扭着，坚持着，敏感倔强地为自己争取着一点点表现本真的自由。

木心曾经说过，艺术家是什么人？是仅次于上帝的人。上帝人类是看不到的，他化身在艺术中。艺术虽然饥不可食，寒不可衣，可是它有打动和引领心灵的力量，它能给灵魂以最温柔有效的抚慰。

艺术多么可爱，多么可怜。它充满了生机，或者说，艺术本身就是世间的生机，有一点点阳光和土壤，就会自发生长，给点合适的养料，马上蓬勃喜人。小旦龄官多么可爱，又多么可怜，这个身份地位连低等丫鬟婆子都不如的女孩，就这样顽强地为自己争取着生长的空间。

戏班子被遣散后，这些女孩子愿意走的就出去，不愿意走的则被分到各房中去当丫鬟了。没有看到龄官被分给了谁，我相信，她一定是毫不犹豫地选择了出去，就像被她拆了笼子放飞的鸟雀一样。对于艺术和艺术家来说，她需要的只有一样，那就是自由。

布罗茨基在领受诺贝尔文学奖的演讲中说，艺术，其中包括文学，并非人类发展的副产品，而恰恰相反，人类才是艺术的副产品。人类的现实生活，只是对艺术的拙劣的模仿。

她是少女杜丽娘，还是小旦龄官？

戏子龄官，和大观园中其他姑娘们，谁活得更真更有味？

《红楼梦》中的世界，和我们身处的现实生活，哪个更真实？

艺术和现实，哪个更加真实？

作曲大师王立平先生在我的《红楼梦》书上签字："一朝入梦，终生不醒。"这是王先生给我的他的回答：活在艺术中。

本书中所有《红楼梦》引文，均来自人民出版社2006年12月出版的《红楼梦》（八十回《石头记》），曹雪芹著，周汝昌汇校。

特此致谢。

后记：把理想，写进生命

（一）

曾有不少朋友问我，你是什么时候开始看《红楼梦》的？我真的不记得了。

因为对我来说，《红楼梦》里的那个世界，一直都真实地存在。

对小时候最深刻的记忆是，家里堂屋最醒目的地方挂着的时钟。钟面上有"红楼梦"三个字和一对儿石狮子，表盘背景是大观园的大门。这个每天抬头看无数次的画面，对我来说是如同时间和空气一样的存在。成长的岁月里，《红楼梦》与我多年来形影不离地相伴，是一个我可以随意穿梭随时切换的"平行世界"。我长大，这个世界也随之变大；我阅历增加，这个世界也随之变得更加辽阔深邃；伤心失落时，我会下意识地去《红楼梦》中找比对和安慰；迷茫无助时，会自动去寻思路和解脱；平日跟人说话时，脱口而出的瞬间之后，我会突然掠过一个意识——"哦，这句话是某个人物的台词"，然后在大脑中飞速地把这句话出现的场景过一遍。

在现实生活中遇到的所有事情，我几乎都会潜意识地跟那个"平行世界"建立起联系。

到后来，我才知道，那是一份何等的礼物。

2016年的一天，跟好朋友聊天的时候，我说，我一直有一个小小的理想，就是写一本关于读《红楼梦》的书。跟其他人的都不一样，就是我自己的阅读感悟和看法。

她：打算什么时候写呢？

——退休后吧。

——这件事情对你很重要吗？

——很重要。

——有多重要呢？

——嗯，这么说吧，如果这件事我没有做，那么就算其他方面都遂心如愿，就算给我很多钱，我都不会真正感到快乐；就算我在巴厘岛、马尔代夫度假，我也会心有枷锁；如果在生命结束的时候，我还没有做，那么就算活了一百岁，我想我都会死不瞑目的。

——既然对你这么重要，为什么要等到退休后才做呢？

——我还没准备好，我还没那个学养，我还没有那个能力……总之，我还没有那个胆量……《红楼梦》啊！无数前人，多少大师，汗牛充栋啊！

很重要很重大的事情，有时候，最需要的，只是一个开始。

（二）

每一篇，贴着人物写。用心、用情，体贴过去。在每一篇写的过程中，和人物一起笑、一起哭，贴着她的体温、学着她的语气，站在她的鞋子里，走她的路。写作思路和目光要追随着她，看她的生命何以展开、何以精彩。

在这个过程中，我看到了以前从来没有看到的东西。对一个个人物，当不再站在边上用"评判"的目光，而是用心、用情去理解她们的时候，自己的内心开始变得温柔而慈悲。我意识到，这是一个急不来的"看"的功夫，看进去，又看出来，真正的眼光在这个过程中发生了很敏感很细腻的变化。这个视角的调整和综合，是酝酿写作的过程，也是内心变化的过程。

每一篇，深入人物的内在精神世界和生命状态来写自己的体悟和理解。这需要的功夫很深，首先是对书中内容非常熟悉这个基本功，还有，只有从自己内心焕发出光彩的人，才能真正看见并欣赏到人物的独特光彩。只有用自己的生命状态去体会、去融合、去勇敢地升华提炼，这样写出来的读书笔记，才是有意义的……

所以，这"看"的功夫和"写"的过程，对我来说，是一个学习、领悟和升华的过程。木心曾经说过一段话，精彩人物的精华部分其实就那么一点，就那一点，让他出类拔萃。

你要学会看,你要看懂了,那精华就是你的。毕飞宇说:"一个负责任的写作者,他的生命状态随着写作的展开而展开。是写作,拓宽并升华了他的生命。"我深以为然。

(三)

2017年11月写到《生命中最美的那份真:我们的林黛玉》时,一种前所未有的感觉出现了,心情很静,手感很稳。

那篇的主干部分五千多字是一个晚上写好的。那天晚上,凌晨一点多,外面正好风声飒飒,雨点敲窗,像极了《秋窗风雨夕》。我一个人在安静的微黄灯光下,写《生命中最美的那份真:我们的林黛玉》。那一刻的感觉,无与伦比,丝毫不累,一点都不为难,一点都不辛苦,安宁极了,幸福极了。

那一篇,很多朋友看过后问我:写的时候有没有"黛玉附体"的感觉?

这算是至高无上的表扬了吧。

那种感觉持续了将近一个月。在此基础上,我写好了另一位核心人物史湘云。

写完史湘云,轻松的感觉只持续了两天。因为到这个时候,才真正到了最难的人物面前——薛宝钗。

2018年,在九个多月的时间里,一次次、一遍遍写薛宝钗。

怎么形容这长达九个多月的过程呢?我觉得自己在追逐

薛宝钗这个形象。一开始，她像一位完美的神仙一样在我前面轻轻地飘着走，我在后面，远远望着她，追着跑；后来，我离她的距离近了，可是周围起了一片浓雾，我知道她在近处，可怎么都看不清楚；再后来，我距她的背影更近了，雾气也开始慢慢变淡了，她在前面走，我跟跟跄跄气喘吁吁地在后面跟；再后来，我发现自己能够紧紧地跟着她了，并且能把脚步和呼吸的节奏调匀了……不知什么时候，雾气已经完全消散，我追上了她，把自己的身体跟她合二为一；再后来，我发现自己又从她身上抽离了，在半空中看着她……

心中有个声音告诉我，可以了。

2019年1月，用了一个周末的时间，写好了《高情已逐晓云空：我看薛宝钗》，从薛宝钗精神境界的发展线索写开去。

写完之后，是前所未有的轻松。仿佛之前的全部，都只是为这一篇所做的准备。那种感觉不亚于十月怀胎一朝分娩。

有些东西，真的急不来。就像花儿要慢慢开，果实要一天天长。催开的花不会香，催熟的果不会甜。

香气，是成熟的味道。

（四）

谢谢施如意先生，他让一切有了可能。

感谢所有在写作过程中给我支持和鼓励的亲人、师长和朋友们，我曾试图把你们的名字都列出来，可后来发现，那个名单不但太长，而且永远列不完。所以，就让我把这份名单保留在心中吧，把你们的每一份支持，每一份温情和指点，都记在心头。

感谢知己好友易凌云，每一篇，她都是第一个读者。很多地方，也有她的才华和思想的融入。

感谢浙江文艺出版社社长郑重先生，他让这本书的出版成为现实。

感谢广州市的饶伟强先生，十多年前，他的善举在我心中种下一颗种子。十多年后，这颗种子长成了一棵树。树会一天天长大，那年他种下的东西，会永远流淌在每一条枝干、每一个叶片中。

感谢我的第一任社长、中南传媒总编辑刘清华先生，如果没有他的发现和鼓励，我也许根本就不知道自己会写。也正是因为提笔写，我才看到了一个之前从未想过的自己。谢谢他给我的勇气和力量，他让我意识到，真正属于自己的人生才刚刚开始。

木兰2019年4月于长沙